हिन्द पॉकेट बुक्स

जैसा चाहो, वैसा बनो

स्वेट मार्डेन प्रख्यात अमेरिकी लेखक थे। इन्होंने जीवन में सफलता प्राप्त कैसे करें इस बारे में कई किताबें लिखी हैं। इनका जन्म 11 जून 1848, को न्यू हैम्पशायर, संयुक्त राज्य अमेरिका में हुआ और मृत्यु 10 मार्च 1924, को लॉस एंजिल्स, कैलीफोर्निया में हुई। इनकी पुस्तकें सारी दुनिया में बेहद लोकप्रिय हैं।

जैसा चाहो वैसा बनो

स्वेट मार्डेन

हिन्द पॉकेट बुक्स
पेंगुइन रैंडम हाउस इम्प्रिंट

हिन्द पॉकेट बुक्स

यूएसए। कनाडा। यूके। आयरलैंड। ऑस्ट्रेलिया। सिंगापुर
न्यू ज़ीलैंड। भारत। दक्षिण अफ्रीका। चीन

हिन्द पॉकेट बुक्स, पेंगुइन रैंडम हाउस ग्रुप ऑफ़ कम्पनीज़ का हिस्सा है,
जिसका पता global.penguinrandomhouse.com पर मिलेगा

पेंगुइन रैंडम हाउस इंडिया प्रा. लि.,
चौथी मंजिल, कैपिटल टावर -1, एम जी रोड,
गुड़गांव 122 002, हरियाणा, भारत

पेंगुइन
रैंडम हाउस
इंडिया

प्रथम संस्करण हिन्द पॉकेट बुक्स द्वारा 1997 में प्रकाशित
यह संस्करण हिन्द पॉकेट बुक्स में पेंगुइन रैंडम हाउस द्वारा 2022 में प्रकाशित

10 9 8 7 6 5 4 3 2

ISBN 9789353494254

मुद्रक : मणिपाल टेक्नॉलजीस् लिमिटेड, भारत

www.penguin.co.in

FSC www.fsc.org MIX Paper | Supporting responsible forestry FSC® C043100

This is a legitimate digitally printed version of the book and therefore might not have certain extra finishing on the cover.

क्रम

सुखी क्यों नहीं?

क्या आपने यह नहीं देखा कि अपार धन-दौलत होते हुए भी लोगों को सुख नहीं मिला? अवश्य देखा होगा; और उस समय यह भी अवश्य सोचा होगा कि जिस धन-दौलत से मनुष्य सुख प्राप्त नहीं कर सकता, वह बिल्कुल बेकार है।

आपने देखा होगा कि जो धनी लोग किसी समय बड़ी ज़िम्मेदारी और विश्वास के पदों पर होते हैं, उनमें से कुछ अपने हिसाब-किताब की जांच-पड़ताल होने पर आत्महत्या कर लेते हैं। कुछ लोग अपने और अपने परिवार के ऊपर लगनेवाले कलंक के कारण मर जाते हैं और कुछ लोगों को भारी दुःख भुगतना पड़ता है। पर वे इस कारण नहीं मरते कि उन्हें अपने बुरे कामों पर अफसोस होता है–वे असल में इस कारण मरते हैं कि उन्हें अपने बुरे कामों के भंडाफोड़ हो जाने का डर होता है।

आम आदमी समझते हैं कि ये लोग उन चीज़ों के मालिक हैं जो मनुष्य को सुखी करती हैं, उनके पास वह चीज़ है जिसकी खोज में दुनिया इतनी बेहाल है–यानी धन। ये लोग महलों में रहते हैं और हर समय भोग-विलास की चीजों से घिरे रहते हैं। पर जिस समय बदकिस्मती आती है, उस समय जिसे वे 'सुख' कहते थे, वह ऐसे उड़ जाता है मानो उसके पंख लग गए हैं।

वे लोग इस कारण बेफिक्री महसूस किया करते हैं कि उनके पास वह चीज़ होती है जिसे पाने के लिए लोग इतनी सख्त मेहनत करते रहते हैं। वे समझते हैं कि हमारे जीवन की आवश्यकताएं पूरी करने के साधन इतने पुख्ता हैं, हमारी ठोस पूंजी का आधार ऐसा मज़बूत है कि कोई भी चीज़ हमें नहीं हिला सकती। लेकिन पलभर में उनके पांवों के नीचे से उनकी दुनिया खिसक जाती है, उनका बड़ा नाम धूल में मिल जाता है, और बड़ा होने की जगह वे देखते हैं कि वे तुच्छ हो गए हैं और उनका 'सुख' भी उनके बड़े नाम के साथ उड़ गया है। लेकिन वास्तविक

सुख ऐसी अस्थिर चीज़ नहीं है। अगर इन लोगों के पास सच्ची चीज़ होती तो कोई भी परेशानी उसे न हटा सकती, कोई भी आग उसे न जला सकती, कोई भी समुद्र उसे न निगल पाता। सच्चा सुख इस तरह उड़ जानेवाली अवास्तविक या नकली चीज़ नहीं है। ये ऊपरी चीज़ भी नहीं है। सुख वस्तुओं में नहीं होता। इसका आधार धन नहीं है। यह होता है चरित्र में, मनुष्य के व्यक्तित्व में। सुख का अर्थ है जीवन का सही ढंग से सामना करना और जो आदमी इसका ग़लत ढंग से सामना करता है, वह कभी सुखी नहीं हो सकता, चाहे वह कितना ही धनी क्यों न हो।

जो लोग आर्थिक उथल-पुथल के समय आसमान से धरती पर आ गिरते हैं, उनमें से बहुत–से लोगों के साथ यही मुसीबत होती है कि वे ग़लत चीज़ को कसकर पकड़े होते हैं।

मनुष्य का निर्माण जिस खाके या नक्शे पर हुआ है, वह ईमानदारी और सचाई का खाका या नक्शा है। वह दिव्य खाका है। जब वह बेईमानी, छल-कपट और धोखा-धड़ी करने की कोशिश करता है और इस प्रकार अपने असली स्वरूप को बिगाड़ लेता है, तब वह किसी भी तरह सुखी नहीं हो सकता। **सुख का असली सार ही ईमानदारी, दिल की सचाई और सच्चा व्यवहार है। जो आदमी सच्चे सुख को अपना साथी बनाना चाहता है, उसे ईमानदार, सीधा और सच्चा होना पड़ेगा।** ज्योंही वह सचाई से हटेगा, त्योंही सुख के पंख उग आएंगे और वह अनजाने ही उड़ जाएगा।

यह कितना दयनीय दृश्य है कि मानव जाति रुपए-पैसे और केवल दुनियावी चीज़ों के पीछे दौड़ रही है और केवल धन से सुख और ख़ुशी पाने की कोशिश कर रही है! लोग नहीं समझ पाते कि जिस सार-तत्त्व की खोज में वे मारे-मारे फिर रहे हैं, वह यदि कहीं है तो उनके अपने अंदर ही है। यदि सुख उनके अपने पास नहीं है तो वे सारी दुनिया का चक्कर काटकर भी उसे नहीं पा सकते। सुख मन की एक अवस्था है, एक मूल तत्त्व है; और जो इस तत्त्व को नहीं समझता, वह सुखी हो ही नहीं सकता।

संसार के सारे दुःख, कष्ट और अपराध इसी कारण होते हैं कि मनुष्य इस तत्त्व को समझ नहीं पाता कि इंसान को तब तक सच्चा सुख नहीं मिल सकता जब तक वह अपने पाशविक गुणों को अपने श्रेष्ठ गुणों–अपने दिव्य स्वरूप–के साथ मेल करके चलता है। जो आदमी अपनी पाशविक प्रवृत्तियों से अपने जीवन को चलाने की कोशिश करता है, वह सुखी नहीं हो सकता। उसके हृदय में विद्यमान ईश्वर या सत्य ही उसे सुखी बना सकनेवाली एकमात्र चीज़ है।

किसी हीन या घटिया दर्जे की चीज़ से सच्चा सुख नहीं पैदा हो सकता। कोई तुच्छ या नीचे दर्जे की चीज़ अच्छी नहीं लगती। उनमें आपस में

कोई भाईचारा नहीं होता। सच्चा सुख एक मूल तत्त्व के आधार पर खड़ा है; और इसलिए यह गणित के नियमों की तरह वैज्ञानिक है और जो अपना प्रश्न ठीक ढंग से हल करता है, उसका सुख रूपी उत्तर अवश्य निकल आता है।

गणित के प्रश्न का सही उत्तर प्राप्त करने का एक ही तरीका है कि उसे गणित के नियमों के अनुसार निकाला जाए। अगर आधी दुनिया भी यह मानती हो कि उत्तर प्राप्त करने का कोई और तरीका है तो इससे कोई फ़र्क नहीं पड़ेगा, और उत्तर तब तक किसी सूरत में नहीं आएगा जब तक नियम का पूरी बारीकी से पालन न किया जाए। इससे फ़र्क नहीं पड़ता कि मानव जाति का बहुत बड़ा भाग यह मानता है कि सुख रूपी लक्ष्य पर पहुंचने का कोई और ही रास्ता है। उनके असंतोष, अशांति और दुःख से ही स्पष्ट है कि वे अपना प्रश्न वैज्ञानिक तरीके से हल नहीं कर रहे।

हम सब यह महसूस करते हैं कि हमारे भीतर एक अन्य दिव्य पुरुष विद्यमान है–जीवन भर हमारे साथ एक दिव्य निःशब्द उपदेशक रहता है–वह दूसरा दिव्य पुरुष हमारा श्रेष्ठ अंतःकरण है जो हमारी प्रकृति की तली में बैठा हुआ बोलता रहता है, हमारे हर अच्छे काम पर 'शाबाश' कहकर अपनी मंजूरी देता है और हर बुरे काम की निंदा करता है।

हर युग के नर-नारियों ने यह कोशिश की है कि हर समय जागनेवाले इस पहरेदार को रिश्वत दे दें, इसकी मंजूरी पैसे रो ख़रीद लें, इसकी आवाज़ें मानसिक उतेजना में दबा दें, शराब और मादक पदार्थों के दूषित सुख में इसे डुबा दें; परंतु सब कुछ बेकार सिद्ध हुआ है। हर युग के लोगों ने इसकी चेतावनी की उपेक्षा की है, ग़लती करने के बाद हर संभव तरीके से, दिल को कचोटनेवाली इसकी डांट-डपट से बच निकलने की कोशिश की है, पर सारे के सारे अपव्यय या उत्तेजना से इसकी आवाज़ को कभी दबाया नहीं जा सका। यह हमारे कामों पर अपनी निष्पक्ष मंजूरी या नामंजूरी, प्रलोभन से प्रभावित हुए बिना, सदा देता रहा।

लोग अपने-आपको सबसे अधिक धोखा सुख-प्राप्ति के प्रयत्न में ही देते हैं। सुख पाने का एक ही तरीका है, और वह है उन नियमों पर चलना जिनके अनुसार हमारा निर्माण हुआ है। हमारा निर्माण सत्य और न्याय के नियमों के अनुसार हुआ है, और इन नियमों का, जो हमारी प्रकृति के नियम हैं, तिरस्कार करके हम कभी सुख प्राप्त नहीं कर सकते। जब तक हम पाप करते रहेंगे, अनुचित उपायों से–दसरों को ठगकर या उनसे अनुचित लाभ उठाकर–धन कमाते रहेंगे, जब तक हमारी यह आकांक्षा रहेगी कि किसी भी तरह धनी हो जाएं, तब तक हम सच्चे सुख की मंजिल पर नहीं पहुंच सकते, क्योंकि हम ग़लत दिशा में जा रहे हैं, हम अपनी प्रकृतियों में दुःख के बीज बो रहे हैं, जो कुछ हम चाहते हैं

उससे बिल्कुल उल्टी चीज़ को बढ़ावा दे रहे हैं।

स्वार्थ के रास्ते पर चलते हुए मनुष्य का सुख की अवस्था पर पहुंचना उसी तरह असंभव है जिस तरह किसी आरकेस्ट्रा में ऐसे बाजों में मधुर राग की सृष्टि करना, जो सबके सब बेसुरे हैं। सुखी होने के लिए हमें अपने भीतर विद्यमान अनंत सत्ता के, अपने श्रेष्ठ अंत:करण के स्वर और ताल से सुमधुर मेल करके चलना पड़ेगा। इससे बचकर चलने का कोई उपाय नहीं है।

इस विचार ने शायद सभ्यता को अन्य किसी भी बात से अधिक नुकसान पहुंचाया है कि अपने रोज़गार में, लोगों के साथ अपने व्यवहार में या अपने आनंद-विलास में हम बुरा काम कर सकते हैं, और फिर बीच-बीच में प्रार्थना करके या देवालय में जाकर क्षमा मांग सकते हैं कि मनुष्य पाप करके, बिना उस पाप को सुधारे या बिना अपनी बुराई दूर किए, क्षमा पा सकता है। समस्त उच्च आनंद की प्राप्ति के लिए आवश्यक है कि अंत:करण निर्मल हो; जीवन पवित्र हो; स्वार्थ, ईर्ष्या, डाह और घृणा का अभाव हो।

हममें से बहुत-से लोगों के साथ एक मुश्किल यह है कि हम सुख को एक बहुत जटिल और ताम-झाम वाली चीज़ बनाने की कोशिश करते हैं, परंतु असली सुख जटिलता, आडंबर और दिखावे से दूर भागता है। प्रकृति ने उसे जटिल जीवन से दूर रहने का स्थायी आदेश दे रखा है। **आप सुख को आने के लिए मजबूर नहीं कर सकते। यह स्वाभाविक रूप से ही पाया जा सकता है; यह समझदारी से जीवन बिताने से ही मिल सकता है।**

सच्चा सुख इतना सीधा-सादा होता है कि अधिकतर लोग उसे पहचानते भी नहीं। वे सोचते हैं कि यह कोई लंबा-चौड़ा काम करने से, किसी बड़े लाभ से या किसी बड़ी सफलता से पैदा होता है; जबकि सच्चाई यह है कि वह संसार की सरल से सरल, शांत से शांत और सबसे अधिक आडंबरहीन चीज़ों से पैदा होता है।

हमारी सबसे बड़ी ज़रूरत यह है कि हम अपने प्रत्येक दिन को धूप से, सादे जीवन और ऊंचे विचारों से इतना भरा-पूरा कर सकें कि हमारे जीवन में कोई हल्कापन या दु:ख न रहे। **चलते-चलते किए गए दया के छोटे-छोटे काम, मीठे शब्द और असहायों की सहायता, सहज शिष्टता और बढ़ावा, ईमानदारी से पूरे किए हुए कर्त्तव्य, नि:स्वार्थ सेवा, आनंद से किया गया कार्य, मित्रता, प्रेम और अनुराग, ये सब मामूली चीज़ें हैं। फिर भी सुख इन्हीं से मिलकर बना है।**

बड़े-बड़े सेनिटोरियमों और स्वास्थ्य–घरों में, संसार के प्रसिद्ध स्वास्थ्यदायक स्थानों पर लोगों की बड़ी भीड़ लगी हुई है। उन्हें उनके डाक्टरों ने जटिल रहन-सहन

के बुरे परिणामों से छुटकारा पाने के लिए वहां भेजा है। इस तरह उन्होंने सुख को जबरदस्ती पाने की कोशिश की और नुकसान उठाया।

कुछ दिन पहले मैंने एक बहुत धनी आदमी के यहां भोजन किया। भोजन परोसने में ढाई घंटे लगे। तेरह तरह के भोजन परोसे गए थे जो गरिष्ठ से गरिष्ठ चीज़ों के बने थे और उनमें से बहुत-से एक-दूसरे के प्रतिकूल थे। इसके अलावा सात तरह की शराब थी। ज़रा सोचिए कि ऐसी खुराक खानेवाला आदमी क्या कभी स्वस्थ या सुखी रह सकता है?

औसत धनी आदमी क्या मौज करता है? क्या उस धुंधली रहस्यमय चीज़ के, जिसे वे सुख कहते हैं, पीछे भागने से बढ़कर प्राणहीन, स्वादहीन, संतुष्टि-शून्य कोई और भी चीज़ है! यह तो एक मृग-मरीचिका है जो सदा उन्हें अपना ओर बुलाती है; पर कभी उनकी प्यास नहीं बुझाती। यह तो एक इंद्रधनुष है जो उसे छूने के लिए आगे बढ़ते जाने पर और आगे चला जाता है। उन्हें ज़रा देर के लिए स्नायु की झनझनाहट, क्षणिक उत्तेजना और थरथरी का वह मज़ा अवश्य मिल सकता है जो पाप के कार्यों से भी मिलता है। पर उसका नतीजा क्या है? वह तो केवल पाशविक सुख है। इसके बाद अफसोस, निराशा और परेशानी ही आती है।

हर सामान्य मनुष्य में दुनिया में कुछ कर गुज़रने और कुछ बनने की तीव्र अभिलाषा होती है और अपना समय गंवानेवाला हर आदमी यह जानता है कि मैं अपनी प्रकृति की इस गहरी पुकार को अनसुना कर रहा हूं कि मैं वास्तव में एक ऐसे बड़े पवित्र पुरस्कार से अपने-आपको वंचित कर रहा हूं जिसे पाने का अर्थ मेरे लिए संसार की दूसरी हर चीज़ से बड़ी चीज़ पाना है। मैंने निकम्मे धनी नौजवानों से बातचीत की है। वे कहते थे कि हमें पता है कि संसार के काम में हिस्सा लेने से इनकार करना ग़लत है; हमारे लिए जीवन की हलचल में न घुसना और वह पुरस्कार लेने के लिए, जिसके लिए विधाता ने हमें बनाया था, संघर्ष न करना हमारी ग़लती है, परंतु काम करने की बाध्यता न होने के कारण हम अंदर से ऐसे बलहीन हो गए हैं कि हमारी प्रवृत्ति ही कमजोर पड़ गई है।

कुछ दिन हुए एक धनी नौजवान से पूछा गया कि वह काम क्यों नहीं करता। "मुझे काम करने की कोई मजबूरी नहीं है।" उसने उत्तर दिया। यह मजबूरी न होने के कारण शायद सबसे अधिक नौजवान बर्बाद हुए हैं। सचाई यह है कि प्रकृति ने निकम्मे आदमी के लिए कभी कोई व्यवस्था नहीं की। **प्रबल क्रियाशीलता ही जीवन का नियम है, यही मुक्ति देनेवाला गुण है, यही एक ऐसी चीज़ है जो इंसान को पतन से रोक सकती है।** अपनी ऊंची से ऊंची आकांक्षा की दिशा में क्रियाशील रहना मनुष्य की सामान्य अवस्था है और जो इससे बचने की कोशिश करता है, उसे उसकी यह सज़ा मिलती है कि उसकी योग्यता

घट जाती हैं और दक्षता नष्ट हो जाती है। निश्चित समझो कि यदि तुम उपयोगी नहीं हो तो कभी भी वास्तव में सुखी नहीं हो सकते। सुख और उपयोगिता जुड़वां भाई हैं। इन्हें अलग-अलग करने से ये दोनों ही नष्ट हो जाते हैं।

जो आदमी स्वभाव से निकम्मा रहा है, उसका सुखी होना वैसे ही असंभव है, जैसे किसी बढ़िया घड़ी का बंद हो जाने पर ठीक हालत में न होना। सबसे बड़ा सुख है, अच्छा-अच्छा महसूस होना। और ऐसा अनुभव उसे होता है जो उस काम में चुस्ती से लगा हो, जिसे करने के लिए उसकी सृष्टि हुई थी; जो अपनी निजी प्रवृत्ति के अनुसार बनाए गए महान जीवनोद्देश्य को पूरा कर रहा हो। मनुष्य के लिए अपने जीवनोद्देश्य की क्रियात्मक पूर्ति का वही अर्थ है, जो घड़ी के चलते रहने और ठीक समय देने का है।

करने योग्य काम करने से जो बल मिलता है वह और किसी पुष्टि–वर्धक वस्तु से नहीं मिलता। प्रतिदिन सब जगह भरसक मेहनत करने से जो सुख पैदा होता है, वैसा कोई सुख नहीं है। जो चीज़ हमारे हाथों से होकर गुज़रती है, उस पर ही अपनी उत्कृष्टता की छाप लगाने से–अपना राजकीय ट्रेडमार्क अंकित कर देने से–जो संतुष्टि प्राप्त होती है, वैसी और कोई संतुष्टि नहीं।

मनुष्य काम करने के लिए बनाया गया था। और कोई चीज़ उसके जीवन में कार्यसिद्धि का स्थान नहीं ले सकती। किसी महान लक्ष्य की सिद्धि के बिना सच्चे सुख की बात सोची भी नहीं जा सकती। संसार में जो सबसे बड़ी संतुष्टियां हैं, उनमें से एक है बड़ा होने की, बढ़ने की, ऊपर और आगे को फैलाने की अनुभूति। जो सुख यह महसूस करने से मिलता है कि हमारे ज्ञान का दायरा बढ़ रहा है, हम दुनिया में आगे क़दम रख रहे हैं, न केवल आगे बल्कि ऊपर जा रहे हैं, उससे बढ़कर और कोई सुख नहीं है।

सुख और निकम्मापन एक-दूसरे से मल नहीं खाते। मनुष्य को अपनी शक्ति फैलती हुई, ऊपर उठती हुई, किसी ऊंचे ध्येय की ओर बढ़ती हुई अनुभव होनी चाहिए। यदि ऐसा नहीं होगा तो उसे जीवन के असली आनंद की कमी महसूस होती रहेगी।

आपसी मतभेद, झगड़े, तलाक, धनी घरों का तबाह हो जाना और सुख की तलाश करते हुए बहुत-से धनी आदमियों का सब तरह के मूर्खतापूर्ण तरीके अपनाना इस बात का प्रमाण है कि सुख उनके अंदर नहीं रहता। सुख हीन आदर्शों, स्वार्थप्रियता निकम्मेपन और वैमनस्य के साथ नहीं रहता। वह तो सामंजस्य का, सत्य और सौंदर्य का, अनुराग और सरलता का मित्र है।

लाखों आदमियों ने धन-दौलत पैदा की है लेकिन उसे पैदा करते-करते उन्होंने अपनी सुख भोगने की क्षमता की ही हत्या कर डाली। कितनी बार हम यह

बात सुनते हैं–"उसके पास धन तो है पर वह उसे भोग नहीं सकता।"

जो मनुष्य यह समझता है कि वह अपने जीवन के सर्वोत्तम वर्षों में अपनी सारी शक्ति रुपया जमा करने में ख़र्च कर दे, अपने घर की उपेक्षा कर दे, मित्रता, आत्म-सुधार और वस्तुत: काम की प्रत्येक चीज़ को धन की वेदी पर कुर्बान कर दे, और फिर उसे अंत में सुख मिल जाए, इससे बढ़कर और कोई भी भ्रम नहीं हो सकता।

अगर कोई आदमी अपनी सारी योग्यता और अपने सारे सुअवसरों को धन के रूप में ले आता है और दौलत जमा करने के इन सारे वर्षों में अपने सुख भोगने के गुणों के विकास की उपेक्षा करता है तो वह अपने मस्तिष्क की जड़-कोशिकाओं को फिर सजीव करके उपयोगी नहीं बना सकता। धन जमा कर लेने के बाद उसे उन्हीं तरीकों को अपनाने में आनंद मिलेगा जिनका प्रयोग करके उसने धन पैदा किया है। कारोबार से रिटायर होने के बाद वह सारे जीवन की आदतों के प्रभावों को छोड़ नहीं सकता।

अगर आपने सत्य, शिव और सुंदर की सराहना कर सकने की अपनी क्षमता को जीवित न रखा तो वह आपको छोड़कर चली जाएगी और उस समय आप उतने ही हैरान होंगे जितना डार्विन अपने जीवन की मध्यावस्था में हुआ था जब एकाएक उसने यह पाया कि शेक्सपियर की रचनाओं और संगीत का आनंद लेने की उसकी शक्ति नष्ट हो गई है।

हमें अच्छी जीविका कमाने बल्कि दौलत पैदा करने के भी योग्य होना चाहिए। लेकिन साथ ही अपने जीवन का प्रत्येक दिन कुछ हंसी-खुशी से बिताना चाहिए। अधिकतर समय गुलाम की तरह काम करने और बीच-बीच में कभी छुट्टी मना लेने का विचार ग़लत है। हर-एक दिन छुट्टी का दिन, खुशी और आनंद का दिन, परम सुख का दिन होना चाहिए। यदि हम समझदारी से जीवन गुज़ारें, यदि हम सही विचार और प्रकृत जीवन के रहस्य को जानते हों, तो अवश्य ही ऐसा होना संभव हो जाएगा।

क्या यह अजीब बात नहीं है कि सुख को प्रतिदिन का कर्तव्य बनाने की बात इतने थोड़े लोग सोचते हैं कि वे अपनी सारी शक्ति अपने रोज़गार पर, अपने धन पैदा करने पर लगाते हैं, और जो चीज़ वास्तव में उनके जीवन का असली प्रयोजन है, उसे वे प्रसंगतः या बिना किसी योजना के आने देते हैं? जीविका की प्राप्ति से कहीं अधिक ध्यान जीवन में सहजता की प्राप्ति पर देना चाहिए।

जीवन की राह में जो छोटी-छोटी चीज़ें आती हैं, उनका आनंद लेने की कला बिरले ही सीख पाते हैं। परंतु सारे जीवन-काल में सबसे महत्त्व की चीज़ें रोज़ के छोटे-छोटे सुख और संतुष्टियां ही हैं। जितने लोगों को मैं जानता हूं, वे करीब-करीब

उज्ज्वल भविष्य की धुंधली आशा में रह रहे हैं, वर्तमान की यथार्थता में नहीं। वे वह जीवन नहीं बिता रहे जिसकी उन्होंने सदा आकांक्षा या आशा की थी–वे अभी उसका आनंद लेने की तैयारी ही कर रहे हैं। जब थोड़ा और पैसा आ जाएगा, ज़रा और अच्छा मकान होगा, जीवन की कुछ और सहूलियतें होंगी, थोड़ी और फ़ुरसत होगी, ज़िम्मेदारी से कुछ और छुटकारा होगा, तब वे जीवन का आनंद लेने के लिए तैयार होंगे।

मुश्किल से ही कोई ऐसा आदमी मिलेगा जो सचाई से यह कह सके कि "मैं सचमुच सुखपूर्ण जीवन बिता रहा हूं।" यही जीवन पाने की मैं कोशिश कर रहा था। इसी जीवन को मैं अपने आदर्शों के अधिक से अधिक निकट समझता था। इसको ही मैं संसार में प्राप्त हो सकने वाला श्रेष्ठ जीवन समझकर इसी की आकांक्षा करता था।

सुख पाने की कला का इस तरह विकास कर लेना बड़ी मूल्यवान बात है कि हमें प्रतिदिन के सामान्य अनुभवों से आनंद मिले। सुख की आदत भी हमारे अधिक से अधिक कल्याण के लिए उतनी ही आवश्यक है जितनी काम करने की आदत या ईमानदारी की आदत।

जो आदमी पूरी तरह से प्रकृत अर्थात् जैसा होना चाहिए वैसा नहीं है, तो वह अपना बढ़िया से बढ़िया काम, अपना उत्तम से उत्तम कार्य नहीं कर सकता। **सुख हमारी आत्मा या अस्तित्व की एक मूलभूत आवश्यकता है। यह स्वास्थ्य, समझदारी और सामंजस्य का सूचक है।** इसकी कमी रोग का, अप्रकृत अवस्था का लक्षण है। मानवीय ढांचे में मौजूद बहुत-सी चीज़ों से इस बात की पुष्टि होती है कि हमें सुख प्राप्ति के अभिप्राय से बनाया गया है। वह हमारी प्रकृत अवस्था है। कष्ट, दुःख और असंतोष हमारी प्रकृति के लिए सर्वथा विजातीय और विपरीत है।

इसमें कोई संदेह नहीं कि हमारा जीवन इस आशय से बनाया गया है कि वह एक महान मधुर संगीत होगा। हमारा निर्माण सामंजस्य की रूपरेखा पर हुआ है और किसी भी तरह का असामंजस्य प्रकृति के विरुद्ध है। यदि इस संसार में, जो सीमाहीन सामंजस्यों और अवर्णनीय सौंदर्य के स्वर में बंधा हुआ है, कोई मनुष्य दुःखी और असंतुष्ट होता है तो अवश्य उसमें कुछ न कुछ गड़बड़ी है।

स्वार्थी और धनी आदमियों की समझ में न आनेवाली सबसे अधिक रहस्यमय गुत्थी यह है कि जहां उन्होंने सुख पाने की आशा की थी, वहां उन्हें सुख क्यों नहीं मिला। धन-दौलत पैदा कर लेनेवाले लोगों के सामने जो सबसे बड़ी निराशा आई है, वह यही है उनकी दौलत से उन्हें जिस सुख की आशा थी, वह या कोई उससे मिलती-जुलती चीज़ भी उन्हें नहीं मिली। वे देखते हैं कि भौतिक वस्तुओं से

भावनाओं की संतुष्टि नहीं होती। बड़ी से बड़ी सुख-सामग्री के बीच भी उनका हृदय भूखा रहता है। वे देखते हैं कि धन बहुत-से कार्य कर सकता है, पर हृदय की लालसा और हृदय की भूख को तृप्त करने की इसमें तनिक भी शक्ति नहीं। इस देश में महलों जैसे मकानों में न मालूम कितनी स्त्रियां सुख की भूखी बैठी हैं, जो बड़ी ख़ुशी से अपने सब विलास-साधन छोड़कर किसी अच्छे आदमी का प्यार पाना चाहती हैं, चाहे उसके पास कितना ही थोड़ा धन क्यों न हो।

कोई भी स्वार्थी जीवन कभी सुखी नहीं हो सकता। अपनी मेहनत से समाज में ऊंचे उठे हुए एक आदमी को मैं जानता हूं जिसने बड़ी दौलत कमाई थी। उसने मुझे बताया कि मेरे जीवन की सबसे बड़ी पहेली और निराशा यह है कि यद्यपि मैंने लाखों कमाए हैं, पर मैं सुखी नहीं हूं। वह कहता है कि न मालूम क्यों, मैं कभी-भी बहुत-से मित्र नहीं बना सका। लोग मुझसे बचते हैं। अपने ऊपर लोगों का अधिक विश्वास मैं प्राप्त नहीं कर सका और मेरे पड़ोसी भी मुझे पसंद नहीं करते। वह समझ नहीं पा रहा है कि वह सुखी क्यों नहीं है क्योंकि उसने मुझसे कहा कि मैंने सुख पाने की कोशिश की है।

उसके साथ मुश्किल यह है कि उसने सदा हर काम अपने-आपको केंद्र मानकर किया है। वह स्वार्थी नहीं बनना चाहता था, पर उसके जीवन का सारा उत्साह धन कमाने में जुटा रहा, क्योंकि वह सोचता था कि धन से ही जो कुछ चाहिए, वह सब मिल जाएगा। उसने अपने दोस्त ऐसे लोग बनाए हैं जो उसे लाभ पहुंचा सकें और जीवन में हर काम पर इस दृष्टि से विचार किया है कि इसका उसके अपने ऊपर क्या प्रभाव होगा। "इसमें मेरे मतलब की क्या चीज़ है?" यह एक सवाल ही उसके सारे जीवन पर छाया रहा मालूम होता है।

किंतु सुख तो, हम जो कुछ करते और सोचते हैं, उसकी परछाईं या गूंज या हिस्सा है। यह हमारी दुनियावी दौलत पर निर्भर नहीं होता।

स्वार्थी, लालची और दूसरे की चीज़ हड़प लेने का विचार रखनेवाले व्यक्ति के लिए, उस व्यक्ति के लिए जो सदा ही अपने स्वार्थ को केंद्र बनाकर चलता है, मन की सूखपूर्ण अवस्था पा सकना उतना ही असंभव है जितना बबूल के बीजों से आम पैदा करना। पर यदि हम दूसरों की सहायता, दया और निःस्वार्थता के बीज बोएंगे, तो संतुष्टि, सामंजस्य और सुख की फसल काट सकेंगे। स्वार्थपरता और सच्चा सुख कभी इकट्ठे नहीं रहते। वे एक-दूसरे का नाश कर देनेवाले परस्पर विरोधी तत्त्व हैं।

एक असामान्य आकांक्षा, दूसरों से आगे निकलने की इच्छा, सब तरह के संकट उठाकर भी अपनी बाहरी हैसियत बनाए रखने की सनक, चाहे हमारे पास उसके लिए साधन हों या न हों; यह सब चीज़ें स्वार्थपरता को बढ़ाती हैं। स्वार्थपरता

एक ऐसा काटनेवाला तेज़ाब है, जो हमारे सुख को जला डालता है, और सुख की जड़ों तक को नष्ट कर देता है। पैसा पैदा करने की झोंक में, दूसरों से आगे बढ़ने की, समाज में दूसरों से बढ़कर चमकने की सर्वग्रासी आकांक्षा से एक ऐसी बेज़ान, दूसरों का हक हड़प लेने की प्रवृत्ति पैदा हो जाती है जो सुख-प्राप्ति के लिए एकदम ज़हर है। जिस आदमी के अंदर लोभ बढ़ा हुआ है, वह कभी सुखी नहीं हो सकता। लालच के होने पर संतोष, तृप्ति, शांति, प्यार या सुख के परिवार का कोई भी अन्य सदस्य ज़िंदा नहीं रह सकता।

जो आदमी बेईमानी करता रहा है, जिसने दूसरों को कुचलकर दौलत पैदा की है और दूसरों से नाजायज़ फायदा उठाकर रुपया बनाया है उसके लिए सुखी होना वैसे ही असंभव है, जैसे उस आदमी के लिए सचमुच आनंद से चलना, जिसके जूतों में कंकर या कीलें निरंतर चुभ रही हों। जो यह जानता है कि मैं निठल्ला हूं, संसार के महान कार्य में अपने हिस्से का काम करने से बचता हूं जो यह जानता है कि जीवन के महान भंडार में मेहनत करनेवाले लोगों ने जो चीज़ें जमा की हैं, उनमें से सब अच्छी चीज़ें मैं ले रहा हूं और बदले में वहां कुछ नहीं रख रहा, वह कभी सुखी नहीं हो सकता।

लंपट चित्तवाला जो व्यक्ति सही जीवन के सिद्धांतों के मार्ग से भ्रष्ट हो गया है, उसने अपने को सच्ची सहानुभूति के अयोग्य बना लिया है।

सच्चा सुख पाने का एकमात्र मार्ग यही है कि सीधा, सरल, शुद्ध, सच्चा उपयोगी जीवन बिताया जाए। संसार में ऐसी कोई शक्ति नहीं जो इससे भिन्न रास्ते पर चलनेवाले आदमी को सुखी बना सके।

सीधा-सच्चा काम, अपनी पूरी कोशिश और पक्के इरादे से किया गया प्रयत्न, कांटों के स्थान पर फूल बिखेरने की हार्दिक अभिलाषा, दूसरे लोगों को अपने जीवन के द्वारा पहले से कुछ अधिक सुखी बनाने की सच्ची आकांक्षा–ये ही वास्तविक सुख के उपाय हैं।

जब कोई आदमी अपने ही किए कामों को बुरा समझता है, जब उसे उन कामों के प्रेरक भाव या कार्य में कोई दोष दिखाई देता है, तो वह सुखी नहीं हो सकता। जब कोई आदमी बदले, ईर्ष्या, जलन या घृणा के विचार रखता है, तब वह सुखी नहीं हो सकता। उसका हृदय और अंत:करण साफ़ होना चाहिए, नहीं तो धन या उत्तेजना चाहे कितनी भी अधिक क्यों न हो, वे उसे सुखी नहीं बना सकते।

आत्म-विश्वास का बल

मैंने अपने भगवान को वचन दिया था कि मैं यह ज़रूर करूंगा।" सितंबर, 1862 में जब लिंकन ने दासों को मुक्त करने की अपनी आरंभिक घोषणा की, जो उन्नीसवीं शताब्दी का सबसे उत्कृष्ट कार्य था, तब उसने अपनी डायरी में लिखा, "मैंने अपने भगवान को वचन दिया था कि मैं यह ज़रूर करूंगा।" क्या किसी को इसमें संदेह है कि ऐसे सशक्त संकल्प ने उस अद्भुत आदमी को और अधिक शक्तिशाली बना दिया था कि इसने उसे अपने उठाए हुए काम को पूरा करने के लिए मानसिक बल प्रदान किया? उपहास या व्यंग्य, दुश्मनों का डर या दोस्तों की नाराज़गी, किसी से भी उसकी यह अदम्य आस्था विचलित नहीं हुई कि वह अपने राष्ट्र के इतिहास की सबसे बड़ी लड़ाई का नेतृत्व कर सकता है।

नेपोलियन, बिस्मार्क और महान सफलताएं पानेवाले अन्य सभी लोगों को अपने-आप में बड़ी भारी आस्था थी। इससे इन लोगों की सामान्य शक्ति दुगुनी, तिगुनी और चौगुनी तक हो गई। लूथर, वेज़ले या सेवोनैरोला की सफलताओं का और कोई कारण समझ में नहीं आता। यदि उसे उदात्त आस्था, अपनी कर्त्तव्यपूर्ति में विश्वास न होता तो वह सरल देहाती लड़की 'जोन ऑफ आर्क' फ्रेंच सेना का नेतृत्व और नियंत्रण कैसे कर पाती? इस दिव्य आत्म-विश्वास ने उसकी शक्ति को हज़ार गुना बढ़ा दिया, यहां तक कि अंत में राजा ने भी उसकी आज्ञा मानी और वह राजा के तगड़े सैनिकों को इस तरह अपने पीछे ले गई, जैसे वे बच्चे थे।

जब विलियम पिट को उसके पद से बर्खास्त कर दिया गया, तो उसके बाद उसने डेवन शायर के ड्यूक से कहा था, "मुझे पूरा यकीन है कि मैं इस देश की रक्षा कर सकता हूं, कोई दूसरा नहीं कर सकता।" बैक्रोफ्ट ने लिखा है, "ग्यारह सप्ताह तक इंग्लैंड में कोई मंत्री नहीं था। अंत में राजा और बड़े लोगों ने पिट के महत्त्व को पहचाना और शासन की बागडोर झख मारकर उसे सौंप दी।"

इंग्लैंड में बैंजामिन, डिज़रायली ने जो कभी तुच्छ समझा जाने वाला यहूदी था, अपनी योग्यता में असीम आत्म-विश्वास के कारण ही, मान्यता और प्रमुख स्थिति प्राप्त की। जब ब्रिटिश संसद की खुस-पुस और खिल्लियां उसके कानों में पड़ी, तब भी वह पस्त-हिम्मत नहीं हुआ। खिल्ली उड़ाते हुए सदस्यों की परवाह न करता हुआ वह बैठ गया और बोला, "आपको मेरी बात सुननी पड़ेगी।" तब उसे अपने अंदर शक्ति का विश्वास अनुभव हुआ, जिसने उसे इंग्लैंड का प्रधानमंत्री बनाया और नाक चढ़ाने और खुस-पुस करनेवालों को उसका प्रशंसक और गुण गानेवाला बना दिया।

राष्ट्रपति रूज़वेल्ट की सफलता का अधिकतर श्रेय उनके विराट आत्म-विश्वास को ही है; जैसे नेपोलियन नेपोलियन में विश्वास रखता था, वैसे ही रूज़वेल्ट रूज़वेल्ट में विश्वास रखते थे। वे महान राष्ट्रपति, कोई भी काम डरते-डरते या अधमरे मन से न करते थे। वे हर कार्य में उस दृढ़ निश्चय से, उस विपुल विश्वास से जुटते थे, जिससे आधा संघर्ष शुरू होने से पहले ही मैदान तो मार लेते थे। यह देखकर आश्चर्य होता है कि किस तरह संसार संकल्पयुक्त आत्मा के लिए रास्ता छोड़ देती है और किस तरह अपने ऊपर भरोसा रखनेवाले मनुष्य के रास्ते की रुकावटें दूर हो जाती हैं। ऐसा कोई तरीका नहीं जिससे मनुष्य वह काम कर सके जो वह सोचता है कि मैं नहीं कर सकता। वह ज़बरदस्त आदमी किस चीज़ से पराजित हो सकता है जो अपने ऊपर विश्वास रखता है–और उपहास, निंदा और बुराई की बातें सुनकर ज़रा भी हौसला नहीं छोड़ता? न ग़रीबी उसे परास्त कर सकती है, न दुर्भाग्य उसे रोक सकता है, न मुसीबतें उसे उसके रास्ते से बाल-भर भी विचलित कर पाती हैं। चाहे जो कुछ होता रहे, पर वह अपनी नज़र अपने ध्येय पर जमाए रखता है और आगे ही आगे बढ़ता जाता है।

उस नौजवान के बारे में, जो वकील बनने की आकांक्षा रखता है, आप क्या सोचेंगे, जबकि वह हमेशा डाक्टरी वातावरण में रहता हो और अपना सारा समय डाक्टरी की पुस्तकें पढ़ने में बिताता हो? क्या आप समझते हैं कि इस रास्ते पर चलकर वह कभी बड़ा वकील बन जाएगा? कभी नहीं। उसे क़ानून के वातावरण में रहना होगा। उसे ऐसी जगह जाना होगा जहां वह क़ानून से इतना सराबोर हो जाए कि उसके हृदय का स्वर क़ानून के स्वर से मिलकर एक हो जाए। क़ानून के पेड़ पर वह इस तरह क़लम की तरह जम जाए कि उसे उसके रस का संचार अपने अंदर अनुभव हो सके।

उस नौजवान को सफल होने में कितना समय लगेगा जो असफलता के वातावरण में इतनी अधिक देर तक रहता है कि उसके रोम-रोम में असफलता भर जाती है? उस आदमी को अपने सफलता के ध्येय पर पहुंचने में कितना समय

लगेगा, जो अपने-आपको हीन समझता है, असफलता की ही बात करता है, असफलता की ही बात सोचता है, असफल आदमी की तरह चलता और असफल आदमी की तरह कपड़े पहनता है, जो सदा अपने रास्ते की कठिनाइयों को दोष देता रहता है और जिसका हर कदम असफलता की ओर बढ़ रहा है? क्या कोई उस पर विश्वास करेगा, या उसके सफल होने की आशा रखेगा?

अधिकतर असफल लोगों की गिरावट का आरंभ इस बात से होता है कि वे अपनी कार्य क्षमता के बारे में संदेह करने लगते हैं, या अपने को तुच्छ समझने लगते हैं या अपनी ही योग्यता में उनका विश्वास नष्ट होने लगता है। **जिस क्षण आपके मन में संदेह घुसा और आपने अपने ऊपर अविश्वास करना आरंभ किया, उसी समय आपने दुश्मन के आगे हथियार डाल दिए। जब-जब आप अपनी कमज़ोरी, दक्षता और योग्यता का अभाव स्वीकार करते हैं, तब-तब आप अपने आत्म-विश्वास को कमज़ोर करते हैं,** और इसका अर्थ है–हर तरह की सफलता की बुनियाद को कमज़ोर कर देना।

जब तक आप अपने चारों ओर असफलता का एक वातावरण लेकर चलते हैं, जिसको देखकर आपमें संदेह और उत्साहहीनता प्रकट हो तब तक आप असफल ही रहेंगे। यदि असफलता और उत्साह-हीनता के विचारों की सब धाराओं को काटने के लिए आप पक्के दिल और पक्के इरादे से, साहस के साथ, अपने ध्येय की ओर बढ़ें, तो आप देखेंगे कि आपके लिए सब चीज़ें बदल जाएंगी। पर एक नई दुनिया में रहने से पहले उसकी तस्वीर आपको अपने सामने रखनी होगी। आप जो कुछ देखते हैं, जो कुछ मानते हैं, उसे ही पाने के लिए निरंतर संघर्ष करते हैं, तभी आप सफलता के निकट पहुंच पाएंगे।

"अपने ऊपर भरोसा कर–प्रत्येक हृदय इसी लोहे के तार के स्वर में झंकारता है।"

मैं ऐसे लोगों को जानता हूं कि जिन्हें एक नौकरी पाने के लिए भटकते महीनों हो गए; क्योंकि वे अपनी चाल-ढाल से अपनी कमजोरी का ऐलान-सा करते हुए किसी दफ़्तर में जाते हैं; वे अपने आत्म-विश्वास का अभाव प्रकट करते हैं। उनकी असफलता की भविष्यवाणी उनके चेहरे और उनकी चाल-ढाल पर छपी होती है। वे लड़ाई शुरू होने से पहले ही हथियार डाल देते हैं। वे अपने ही विरोध में खड़े होनेवाले जीते-जागते गवाह हैं।

जब आप किसी आदमी से कोई पद देने के लिए कहते हैं और वह आपके चेहरे और चाल-ढाल में यह लिखावट पढ़ता है, 'मेहरबानी करके मुझे कोई पद दे दीजिए; मुझे ठोकर मत मारिए; भाग्य मेरे विरुद्ध है, मैं बदकिस्मत आदमी हूं, मेरा दिल टूट चुका है, मेरा अपने ऊपर विश्वास नष्ट हो गया है, तब वह आपके प्रति

तुच्छता की भावना ही अनुभव कर सकता है। वह अपने मन में कहेगा कि यह तो आदमी ही नहीं है, और वह जल्दी से जल्दी आपसे पिंड छुड़ाएगा।

अगर आप पद पाने की आशा करते हैं, तो आपको विजेता की भांति दफ्तर में घुसना चाहिए। आपको अपने अंदर से विश्वास की वर्षा कर सकना चाहिए, तभी आप मालिक को यह विश्वास करा सकते हैं कि आप ही वह आदमी हैं जिसका उसे इंतज़ार था। आपकी उपस्थिति से यह प्रकट होना चाहिए कि आप ज़बरदस्त आदमी हैं, ऐसे आदमी हैं जो उत्साह और प्रसन्नता से डटकर काम कर सकते हैं।

प्रबल आत्म-निष्ठा से युक्त आत्म-विश्वास मित्रों, ऊंचे कुल के प्रभाव और धन के अभाव की पूर्ति करने में सदा सफल रहा है। यह संसार की सर्वोत्तम कुंजी है। रुकावटों को दूर करने, कठिनाइयों को हल करने और जीवन के कार्यों को पूरा करने में मनुष्य के किसी और गुण को इतनी सफलता नहीं मिलती जितनी आत्म-विश्वास के गुण से मिलती है।

मैंने बहुत सारे संकोची, डरनेवाले लोगों से यह प्रश्न किया कि आपने वे अवसर क्यों छोड़ दिए जिन्हें कम योग्यतावाले दूसरे लोगों ने उत्सुकता से पकड़ लिया–और उन सबका एक जैसा ही उत्तर था–"मुझमें साहस नहीं।" एक ने कहा, "मुझमें आत्म-विश्वास की कमी है।" दूसरे ने उत्तर दिया, "मुझे डर लगता है कि मुझसे कोई ग़लती हो जाएगी और मुझे इनकारी का भय है।" तीसरे ने जवाब दिया, "अपने-आपको आगे बढ़ाने का साहस करते हुए मुझे ढिठाई-सी मालूम होती है।" चौथे ने कहा, "ओह, मैं सोचता हूं कि अपनी स्थिति से इतने ऊंचे पद के लिए मुझे कोशिश नहीं करनी चाहिए।" एक और ने तो यह कहा, "मैं सोचता हूं कि मुझे तब तक प्रतीक्षा करनी चाहिए, जब तक नौकरी मेरे पीछे न घूमे, या मैं और अधिक तैयार न हो जाऊं।" इसी तरह सब के जवाबों में अपने ऊपर अविश्वास प्रकट हो रहा था। यह संकोच, यह भय या आत्महीनता बहुधा सफलता की अयोग्यता से भी बड़ी दुश्मन सिद्ध होती है। लैंप हाथ में लीजिए, आपको अपना अगला क़दम रखने के लिए काफ़ी रोशनी सदा तैयार मिलेगी, चाहे कितना ही अंधेरा हो; क्योंकि रोशनी आपके साथ रहेगी। बहुत दूर आगे देखने की कोशिश मत कीजिए। "मेरे लिए अगला एक क़दम ही काफ़ी है।"

हमारे लड़कियों के एक कालिज के व्यायाम-शिक्षक का कहना है कि मेरा पहला काम यह होता है कि मैं लड़कियों में आत्म-विश्वास दृढ़ कर दूं, उन्हें साधनों को भूलकर केवल साध्यों की बात सोचना सिखा दूं। वह उन्हें यह बताता है कि शारीरिक बल और मांस-पेशियों से और भी बड़ी ताकत मन में मौजूद है और वह उनका ध्यान इस तथ्य की ओर खींचता है। कितनी ही बार सिद्ध हो चुका है

कि भारी संकट में, जैसे किसी आग या दूसरी दुर्घटना में फंसा हुआ आदमी अपने शारीरिक बल से कहीं अधिक बड़ी शक्ति का प्रयोग कर सकता है। इस प्रकार वह उन्हें भय और संकोच से, जो सफलता की बड़ी भारी बाधा है, छुटकारा पाने में मदद देता है।

मेरा विश्वास है कि **यदि हमें अपनी शक्तियों के बारे में अधिक पक्का भरोसा हो, अपने में और अधिक निष्ठा हो, तो हम कहीं अधिक बड़ी सफलताएं प्राप्त कर सकते हैं। यदि हम अपने दिव्य गुणों को ही अधिक अच्छी तरह समझ जाएं तो हममें कहीं अधिक दृढ़ आस्था पैदा हो जाएगी।** हमें मनुष्य की हीनता के पुराने दकियानूसी विचारों ने लंगड़ा कर रखा है। ईश्वर ने मनुष्य में कोई हीनता नहीं बनाई। हमारे अंदर वही हीनता है जो हमने स्वयं अपने अंदर पैदा की है। ईश्वर की सृष्टि तो त्रुटिहीन है। मुसीबत यही है कि हममें से अधिकतर लोग ईश्वर के सोचे और बनाए हुए मनुष्यों की विडंबना-मात्र हैं। हारवर्ड विश्वविद्यालय के एक स्नातक ने, जिसे कालिज छोड़े कई साल हो गए थे, लिखा है कि अपने आत्म-विश्वास के अभाव के कारण वह कभी बारह डालर प्रति-सप्ताह से अधिक नहीं कमा सका। प्रिंस्टन का एक स्नातक कहता है चंद दिनों को छोड़कर वह कभी भी प्रतिदिन एक डालर से अधिक नहीं कमा सका। इन लोगों में ज़िम्मेदारी उठाने की हिम्मत नहीं होती। उनके संकोच और अपने अंदर आस्था के अभाव ने उनकी दक्षता नष्ट कर दी। हममें से बहुतों के साथ मुसीबत यही है कि हमें स्वयं अपने ऊपर काफ़ी विश्वास नहीं है; हमें अपनी शक्ति का एहसास ही नहीं होता। मनुष्य का निर्माण अपना सिर ऊंचा करके चलने और विजेता की तरह आगे बढ़ने के लिए हुआ है, गुलाम की तरफ़ झुककर खड़े रहने के लिए नहीं; सफल होने के लिए हुआ है, असफल होने के लिए नहीं। उसका जन्म तो ईश्वर द्वारा दिए गए जन्मसिद्ध अधिकार का उपयोग करने के लिए हुआ है। अपने को हीन बनाना जुर्म है।

यदि आप बड़े बनना चाहते हैं तो आपको बड़प्पन का विचार हर समय मन में रखना होगा। एक बहुत ही विनीत आदमी ने–जिसका स्वभाव ऐसा पीछे हटनेवाला हो गया था कि कभी भी वह अपनी महान योग्यता का आधा भाग भी प्रकट नहीं करता था। उसके संकोची स्वभाव और अपने को तुच्छ बनाने की भावना ने उसका बाहरी रूप-रंग भी हीन कर दिया था। उसने एक दिन मुझे बताया कि अपनी उस आत्महीनता और आत्मनिंदा की प्रवृत्ति को वह किस तरह दूर कर पाया। उसने बताया कि और बातों के अलावा, मुझे इस बात से बड़ा लाभ पहुंचा कि मैं सड़कों पर, विशेष रूप से उधर, जिधर लोग मुझे नहीं जानते थे, बड़े बड़प्पन के ठाठ से निकल पड़ता था, मानो मैं नगर का मेयर, राज्य का गवर्नर या

अमरीका का राष्ट्रपति हूं। अपना चाल-ढाल बदलने के बाद वह हर किसी से यह आशा करता था कि हर कोई उसे महत्त्वपूर्ण व्यक्ति समझे। उसने न केवल अपना बाह्य रूप बदल लिया, अपितु अपनी धारणाएं भी बदल लीं। इससे वह अपनी ही नज़रों से ऊंचा उठ गया। इसका उसके संपूर्ण चरित्र पर बड़ा स्पष्ट प्रभाव पड़ा। जहां वह कभी दूसरों की नज़रों से बचता हुआ चला करता था, वहां अब वह अपने स्पष्ट बड़प्पन द्वारा साहस के साथ दूसरों का ध्यान खींचता है, या देखने के लिए मजबूर करता है, क्योंकि उसका बाह्य रूप ऐसा बन गया है कि लोग उससे जान-पहचान करना पसंद करते हैं। दूसरे शब्दों में, उसे अपनी दिव्यता की एक झांकी मिल गई। वह सचमुच अपना बड़प्पन अनुभव करता है और अपने आत्म-सम्मान से भरे चाल-ढाल में वह दिखाई देता है।

निश्चित जानिए कि आपकी सफलता, आपको अपने पर जितना विश्वास है, उससे अधिक कभी नहीं जा सकती। संसार का बड़े से बड़ा कलाकार भी अपने मन में पतिताचार का नमूना रखकर मेरी (ईसामसीह की माता) का निष्कलंक चेहरा चित्रित नहीं कर सकता। अपने ऊपर संदेह करते या असफलता के विचारों में डूबते हुए आप सफलता नहीं पा सकते। सफलता के विचारों पर दृढ़ रहिए; अपने मन को प्रसन्नता और आशा से भरे चित्रों से, सफलता की तस्वीरों से पूर्ण रखिए। इससे संदेह और भय के बादल छंट जाएंगे और आप में एक ऐसी शक्ति का संचार हो जाएगा जो आपको सफलता पानेवाला बना देगी। आप चाहे जितने ग़रीब या परिस्थितियों से चाहे जितने लाचार हों, पर उस विवशता से दबने से आप दृढ़तापूर्वक इनकार कर दीजिए। वातावरण के मुकाबले में सदा अपना बड़प्पन कायम रखिए; अपने में विश्वास रखिए। यह अनुभव कीजिए कि आप अपने वातावरण पर हावी होकर रहेंगे। संकल्प कर लीजिए कि आप परिस्थितियों के मालिक बनकर रहेंगे गुलाम बनकर नहीं। बड़प्पन की यह दृढ़ भावना, शक्ति की यह पकड़ अपने सफल होने के सामर्थ्य की यह पुनः पुष्टि—वह रुख जो सफलता को अपना पक्का जन्मसिद्ध अधिकार समझता है—मनुष्य को शक्ति देगी; और उन गुणों को, जिन्हें संदेह, भय और विश्वास का अभाव कमजोर कर देते हैं, अधिक शक्तिशाली बनाएगी।

आत्म-विश्वास मनुष्य के सब गुणों को एक जगह बांध देता है और उनकी संयुक्त शक्ति को मिलाकर और ऐंठकर सफलता की पक्की रस्सी बना देता है; यह दूसरों को हमारी बात का निश्चय करा देता है। यह हमारे ऊपर दूसरों का विश्वास पैदा कर देता है इसके जादू से आविष्कार, कला और खोज के क्षेत्र में कितनी ही महान विजय प्राप्त हुई। सभ्यता की ऐसी कौन-सी उन्नति है जिसका असली श्रेय उसके आविष्कारकों, उसके खोज करनेवालों, रेल-निर्माताओं, उसके खानों का

विकास करनेवालों और नगर-निर्माताओं के अजेय आत्म-विश्वास को नहीं है। इसके कारण विज्ञान और युद्ध में ऐसी हज़ारों सफलताएं प्राप्त की गयी हैं जिन्हें कमज़ोर-दिल होने पर वे ही लोग असंभव समझते थे।

यदि आपको यह दृढ़ विश्वास है कि जो काम औरों को असंभव या कठिन मालूम होता है, वह आप कर सकते हैं, इस बात से यह प्रकट होता कि आपके अंदर कोई ऐसी चीज़ है जिसने उस काम को करने योग्य शक्ति की झांकी प्राप्त कर ली है।

जिन लोगों ने महान कार्य किए हैं, उनमें से बहुत-से लोग अपने आत्म-विश्वास का कोई कारण नहीं बता सकते। वे यह भी नहीं बता सकते कि उन्हें यह अटल विश्वास क्यों था कि जो काम उन्होंने उठाया है, उसे वे कर सकते हैं। पर परिणाम से स्पष्ट है कि उनके अंदर कोई ऐसी चीज़ थी, जिसने उनकी छिपी हुई उस सूझ-बूझ, संचित शक्ति और संभावनाओं की झांकी पा ली थी, जिससे उनमें विश्वास पैदा हुआ था; और प्रायः आशा की कोई झलक भी न दिखते हुए, वे इस अटल विश्वास के साथ आगे बढ़ गए कि वे भली-भांति सफल हो जाएंगे, क्योंकि इस विश्वास ने उन्हें यह बात बता दी थी।

इसने उन्हें यह बात इसलिए बता दी थी, क्योंकि यह उनके भीतर मौजूद दिव्य गुणों से संबंधित थी; जो सीमित हदबंदी से पार जाकर असीम क्षेत्र में पहुंच गए थे।

जब हम आत्म-विश्वास के गुणों का प्रयोग आरंभ करते हैं, तब हम उन्हीं गुणों को बढ़ावा दे रहे होते हैं, और उन्हीं गुणों की शक्ति बढ़ा रहे होते हैं, जो हमें अपने वांछित कार्य करने के योग्य बनाते हैं। श्रद्धा के प्रयोग-मात्र से हमें अपना उठाया हुआ काम करने में मदद मिलती है, क्योंकि अधिक ध्यान देने से हमारे मस्तिष्क का वह अंश बढ़ जाता है, जो हमें इसे पूरा करने की सामर्थ्य देता है।

जिन मनुष्यों ने संसार पर अपनी छाप छोड़ी है, वे बहुधा कोई प्रकाश न दिखने पर भी अटल श्रद्धा से अपने मार्ग पर चलते रहे और उनकी अटूट श्रद्धा ने उन्हें संदेह और मुसीबत के जंगल से निकालकर अभीष्ट लक्ष्य पर पहुंचा दिया। हमारी श्रद्धा प्रायः हमें बताती है कि जब आगे कोई रोशनी नहीं होती, तब हम अंधेरे में ही सुरक्षित रहकर आगे बढ़ सकते हैं। श्रद्धा एक दैवीय मार्गदर्शक है जो कभी हमें ग़लत दिशा में नहीं ले जाती। सिर्फ़ यह दृढ़ निश्चय होना चाहिए कि यह लक्ष्य के प्रति समर्पित श्रद्धा ही है, अहंकार या स्वार्थपूर्ण इच्छा मात्र नहीं है।

हमारी श्रद्धा अनंत सत्ता से हमारा संपर्क स्थापित कर देती है, और असीम संभावनाओं और अनंत शक्ति का मार्ग खोल देती है। एक यही

चीज़ है जिसके बारे में हम निश्चित रूप से यह मान सकते हैं कि यह हमें कभी गुमराह नहीं करेगी।

अपने अंदर अटल विश्वास से सफलता के सबसे बड़े शत्रु–भय, संदेह अनिश्चय–स्वत: नष्ट हो जाएंगे। यह उन हज़ारों बाधाओं को दूर कर देता है जो कमज़ोर और निश्चयहीन लोगों के आगे बढ़ने में रुकावट डालती है। अपने जीवन के उद्देश्य में दृढ़ आस्था ही सारी शक्ति का रहस्य है। निश्चित विश्वास रखो कि विधाता ने हमें जीवन का वह उद्देश्य पूरा करने की शक्ति दी है जो उसने हमारे ख़ून में और हमारे मस्तिष्क की कोशिकाओं पर अंकित कर दिया है।

ग़रीबी और असफलता आदमी स्वयं अपने ऊपर बुलाता है। जिन मुसीबतों से लोग डरते हैं, वे उन पर बहुधा आ जाती हैं। चिंता और परेशानी से उनके मन की शक्ति कमज़ोर हो जाती है और उनकी सृजन और उत्पादन की योग्यता ऐसी कुंठित हो जाती है कि वे उसका उचित प्रयोग नहीं कर पाते। असफलता का भय या अपनी योग्यता में अविश्वास, असफलता के सबसे ज़बरदस्त कारणों में से हैं। भरपूर शक्तियोंवाले बहुत सारे लोगों को केवल औसत दर्जे की सफलता मिली और कुछ तो बिल्कुल ही असफल रहे, क्योंकि उन्होंने अपनी सफलता की हद बांध ली थी जिसके बाहर जाने की बात उन्होंने सोचनी छोड़ दी। उन्होंने अपनी योग्यता पर सीमा का बंधन लगा लिया। उन्होंने अपनी चीज़ों की प्रशंसा के बजाय निंदा करके, अपनी शक्तियों को तुच्छ बताकर, अपने लिए असफलता की भविष्यवाणी करके, मध्यम दर्जे की सफलता को ही अपना ध्येय बनाकर, अपनी प्रगति के रास्ते में भारी रुकावटें पैदा कर लीं।

विचार बल हैं और सफलता पाने के अपने जन्मजात अधिकार और शक्ति की निरंतर पुष्टि करते रहने से प्रतिकूल परिस्थितियों और विपरीत वातावरण के स्थान पर अनुकूल परिस्थितियां और अनुकूल वातावरण पैदा हो जाता है। यदि आप शक्ति के साथ सफलता पाने का दृढ़ निश्चय कर लें तो बहुत जल्दी आप अपने चारों ओर सफलता का एक वातावरण पैदा कर लेंगे और सब चीज़ें आपके अनुकूल हो जाएंगी। आप अपने-आपको सफलता का आकर्षक केंद्र बना सकते हैं।

"कितना अच्छा होता, यदि हालात कुछ बदल जाते!" आप आह भरकर कहते हैं। हालात कैसे बदलते हैं? चाहने से या हाथ-पांव हिलाने से? स्वप्न देखने से या काम करने से? क्या आप यह आशा करते हैं कि आप हाथ पर हाथ रखे बैठे रहें और हालात के बदलने की आशा करते रहें? और इतने से वे बदल जाएंगे? यदि आप किसी मकान की नींव पर बैठ जाएं और यह चाहें कि वह बनता जाए, तो वह

कभी बन जाएगा? मात्र चाहने-इच्छा करने का कोई मूल्य नहीं, यदि उसके पीछे प्रयत्न, संकल्प और दृढ़ता न जुड़ी हो।

जब डेनियल वेब्स्टर ने न्यूहैंपशायर कचहरी में पंद्रह सौ डालर वाला पेशकार का पद–जो उसके पिता ने उसके कालिज छोड़ने के बाद उसे दिलाने के लिए बड़ी मेहनत की थी–लेने से इनकार कर दिया तब उसका पिता बड़ा दुःखी और परेशान हुआ। उसने कहा, "डेनियल, क्या तुम इस पद पर नहीं जाना चाहते?" "नहीं, पिताजी; मुझे आशा है कि मैं इससे अच्छा काम कर सकता हूं। मैं अदालतों में अपनी वाणी का प्रयोग करना चाहता हूं, कलम का नहीं। मैं स्वयं काम करनेवाला बनना चाहता हूं, दूसरे मनुष्यों के बोले शब्द लिखनेवाला नहीं।" उदात्त आत्म-विश्वास इस महान सफल व्यक्ति का विशेष गुण था।

हर बच्चे को यह शिक्षा देनी चाहिए कि वह सदैव सफलता की आशा रखे। उसे यह विश्वास हो कि वह सफल होने के लिए पैदा हुआ है, जैसे कि अंकुर बड़ा पेड़ बनने के लिए पैदा होता है। जो माता-पिता और अध्यापक बच्चों से यह कहते हैं कि तुम मूर्ख या बुद्धिहीन हो, या अपनी उमर के दूसरे बच्चों जैसे नहीं हो, वे उनके साथ बड़ी क्रूरता बरतते हैं। इसके बदले उनमें आशा और विश्वास की, अपनी सफलता के जन्म सिद्ध अधिकार में आस्था की भावना जगानी चाहिए। बच्चे को ऐसी शिक्षा देनी चाहिए कि वह बड़े से बड़े कार्य कर सकने की आशा करे और उसे वह दृढ़ विश्वास हो कि भगवान ने मुझे महान कार्य करने की शक्ति दी है।

आत्म-विश्वास और फौलादी संकल्प से शून्य मनुष्य भाग्य का खिलौना, परिस्थितियों की कठपुतली है। इनसे युक्त मनुष्य राजा है। बचपन में ही वे बीज बो देने चाहिए जिनसे आगे वह विजेता बन सके।

यदि आप उच्चता और बड़प्पन पाना चाहते हैं तो हीनता के ऐसे विचार रखते हए कि आप दूसरों के समान अच्छे नहीं हैं, या आप उतने योग्य नहीं हैं, या कि आप यह काम नहीं कर सकते–आप कभी बड़े या महान नहीं बन सकते। 'यह मुझसे नहीं होगा' कि विचारधारा से गिरावट के अलावा और कुछ नहीं हो सकता। इससे कभी निर्माण नहीं होता। यदि आप संसार में कुछ बनना चाहते हैं तो आपको अपना सिर ऊंचा रखना चाहिए। अपने-आपसे सदा यह कहते रहो, "मैं कोई भिखमंगा नहीं हूं, मैं दीन-हीन नहीं हूं, मैं असफल होनेवाला नहीं हूं; मैं तो अधीश्वर हूं, मैं बादशाह हूं, सफलता मेरा जन्म-सिद्ध अधिकार है, और कोई भी मुझे इससे वंचित नहीं कर सकता।"

अपना उचित मूल्यांकन करना कोई गंवारू गुण नहीं है। यह बड़ी विचित्र चीज़ है। **अपना ठीक-ठीक मूल्यांकन कराना तो अपने भीतर मौजूद आनंद**

रूप सत्ता की रूपरेखा की एक झांकी पाना है। यह उस आदर्श मूर्ति को देखना है जो हमें बनाते हुए विधाता के मन में थी, अर्थात् पूरे सर्वगुणसंपन्न मनुष्य या स्त्री की मूर्ति–वह बौनी या कुंठित मूर्ति नहीं जो आत्म-सम्मान या आत्म-विश्वास से हीन मनुष्य देखता है। जब हम अपने अमर रूप की झांकी देखेंगे, तभी हमें वे संभावनाएं दिखाई देंगी, जो हमने पहले कभी स्वप्न में भी नहीं देखी थीं। एक पूर्णता की–शक्ति की और आत्म-विश्वास की भावना हमारे जीवन में पैदा हो जाएगी और वह जीवन को बिलकुल बदल देगी। जब हम अपना सही मूल्यांकन करेंगे तब हम अनंत सत्ता के साथ एकरस हो जाएंगे। हमारे गुण एक ऐसी बिजली के तार से जुड़ जाएंगे, जिसमें असीमित शक्ति प्रवाहित रही है, और तब हम अंधकार, संदेह और कमज़ोरी में ठोकरें नहीं खाएंगे। हम अजेय हो जाएंगे।

उठो, जागो

लड़का कैसा चल रहा है, डेविस?" किसान जॉन फील्ड ने अपने पुत्र मार्शल को, एक गाहक को सौदा देते देखकर पूछा।

"भाई जॉन, तुम और मैं पुराने दोस्त हैं।" बेकन डेविस ने एक टोकरी में से एक सेब निकालकर मार्शल के पिता का सत्कार करने के लिए पेश करते हुए कहा, "हम पुराने दोस्त हैं और मैं तुम्हारा दिल नहीं दुखाना चाहता; पर मैं मुंहफट आदमी हूं और तुमसे सच्ची बात कह देना चाहता हूं। मार्शल अच्छा धीरजवाला लड़का है, पर वह मेरी दुकान में हज़ार साल रहकर भी व्यापारी नहीं बन सकता। उसने व्यापारी बनने के गुण नहीं हैं। उसे खेत पर ही ले जाओ जॉन, और गाय दुहना सिखाओ।"

अगर मार्शल फील्ड पिट्सफील्ड (मेसाचुसेट्स) में बेकन डेविस की दुकान में सौदा बेचने के काम पर ही लगा रहता, जहां उसे अपनी पहली नौकरी मिली थी, तो वह कभी भी संसार के सबसे बड़े व्यापारियों की गिनती में न आ पाता। पर वह शिकागो गया और वहां उसने अपने चारों ओर ऐसे ग़रीब लड़कों के उदाहरण देखे जिन्होंने बड़ी सफलता प्राप्त की थी। इससे उसकी आकांक्षा जाग उठी, जिसने उसके मन में एक बड़ा व्यापारी बनने के दृढ़ संकल्प की आग दहका दी। उसने मन में कहा, 'यदि दूसरे लोग ऐसे अद्‌भुत कर्म कर सकते हैं, तो मैं क्यों नहीं कर सकता हूं?'

निसंदेह मार्शल फील्ड में शुरू से ही महान व्यापारी बनने की ही प्रतिभा थी, पर परिस्थितियों और आकांक्षा जगानेवाले वातावरण का, उसकी सोई शक्ति को दिशा देने में और उसके संचित बल को बाहर लाने में बड़ा भारी योगदान रहा। यह बात बड़ी संदिग्ध है कि शिकागो के अलावा किसी अन्य नगर में वह इतनी तेज़ी से ऊंचे स्थान पर चढ़ पाता। 1850 में, जब तरुणावस्था में फील्ड वहां गया, इस

अद्‌भुत नगर ने अपना अद्वितीय जीवन आरंभ ही किया था। इसमें तब केवल 85,000 लोग रहते थे। उसके कुछ वर्ष पहले तक यह नगर आदिवासियों का व्यापार करने का मामूली-सा गांव था, पर इसने दिन दूनी रात चौगुनी तरक्की की और हमेशा अपने अधिकार से घोर आशावादी लोगों की भविष्यवाणियों को भी पीछे छोड़ दिया। चारों ओर सफलता का वातावरण था। हर कोई यह महसूस करता था कि वहां भविष्य में बहुत अधिक उन्नति की संभावना है।

बहुत-से लोग यह सोचते मालूम होते हैं कि आकांक्षा हमारे अपने भीतर पैदा होनेवाला गुण है, या इसमें सुधार नहीं हो सकता; यह हम पर ज़बरदस्ती लाद दी गई कोई चीज़ है, जो स्वयं अपने बारे में सब व्यवस्था कर लेगी। परंतु असल में यह एक ऐसी भावना है जो बढ़ाने का प्रयत्न करने पर बड़ी जल्दी बढ़ जाती है, और संगीत या कला की तरह इसकी भी निरंतर देखभाल और शिक्षा की ज़रूरत है।

यदि हम अपनी आकांक्षा पूरी करने की कोशिश ही नहीं करेंगे तो उसमें तेज़ी और निश्चितता नहीं रहेगी। हमारी योग्यता प्रयोग में न आने पर शीघ्र ही मंद और शक्तिहीन हो जाती है। हम यह आशा कैसे कर सकते हैं कि निष्क्रियता, आलस्य या उदासीनता में वर्षों गुज़ार देने पर भी हमारी आकांक्षा तरोताज़ा और प्राणवान बनी रहे। यदि हम निरंतर अवसरों को पकड़ने की कोई कोशिश न करके उन्हें निकल जाने देते हैं, तो हमारी आकांक्षा-वृत्ति हल्की और कमजोर हो जाती है।

इमर्सन ने लिखा है, "मुझे सबसे बड़ी ज़रूरत यह है कि कोई आदमी मुझसे वह काम कराए जो मैं कर सकता हूं।" जो काम मैं कर सकता हूं, उसे करना ही मेरी समस्या है। वह कोई काम नहीं, जो नेपोलियन या लिंकन कर सकता था, बल्कि मैं जो कर सकता हूं। इससे मुझे बड़ा भारी फ़र्क पड़ता है कि मैं अपने सर्वोत्तम गुण प्रकाशित कर पाता हूं या अपने सबसे बड़े अवगुण। मैं अपनी योग्यता का कितने प्रतिशत प्रयोग करता हूं–दस, पंद्रह, पच्चीस या नब्बे?

हर जगह हमें ऐसे लोग दिखाई देते हैं जो बिना जागे ही जीवन के मध्य भाग तक या उससे भी आगे पहुंच गए हैं। उन्होंने अपनी सफलता की शक्तियों के बहुत थोड़े-से भाग का ही विकास किया है। वे सोई हुई हालत में ही हैं। उसका सर्वोत्तम अंश इतनी गहराई में अचेत पड़ा है कि वह कभी जाग नहीं सका। जब हम इन लोगों से मिलते हैं, तब हमें यह साफ़ पता लगता है कि उनमें एक बहुत बड़ी गुप्त शक्ति मौजूद है जो कभी प्रयोग में नहीं लाई गई। उपयोगिता और सफलता की महान शक्तियां उनके अंदर बरबाद हो रही हैं, और वे इस बात से बेख़बर हैं।

कुछ समय पहले अख़बारों में एक लड़की का क़िस्सा निकला था जिसकी

आयु पंद्रह वर्ष की थी, फिर भी उसका मानसिक विकास किसी छोटे बच्चे जितना ही हुआ था। उसकी दिलचस्पी बहुत थोड़े विषयों में थी। वह अधिकतर समय स्वप्न देखती रहती। निष्क्रिय रहती और अपने चारों ओर की चीज़ों के प्रति उदासीन ही रहती थी। पर एक दिन सड़क पर बाजे की आवाज़ सुनते हुए एकाएक उसकी पूर्ण चेतना जाग उठी और वह अपने असली रूप में आ गई। उसके आंतरिक गुण उभर आए और कुछ ही दिनों में वह अपने विकास के बहुत-से वर्ष एकसाथ पार कर गई। प्रायः एक ही दिन में वह बचपन से चलकर उभरती जवानी तक पहुंच गई। हममें से अधिकतर के भीतर बड़ी भारी शक्ति प्रबल गुप्त चेतना वैसे ही सोयी पड़ी रहती है, जैसे इस लड़की में सोयी पड़ी थी और उसे जगाकर हम चमत्कार पैदा कर सकते हैं।

पश्चिमी अमरीका के एक खुशहाल नगर का एक जज आज अपने राज्य के सबसे अधिक सम्मानित क़ानून-विशारदों में गिना जाता है, वह अपने जीवन की मध्यम अवस्था तक, अपनी गुप्त शक्ति के जागरण से पहले एक अनपढ़ लोहार था। अब उसकी आयु साठ वर्ष की है और उसके पास अपने नगर का सबसे उत्तम पुस्तकालय है। उसकी यह ख्याति है कि वह सबसे अधिक पढ़ा हुआ आदमी है। अब उसका सबसे बड़ा यत्न यही रहता है कि और मनुष्यों की सहायता करे। किस बात ने उसके जीवन में क्रांति पैदा की?–शिक्षा के महत्त्व पर सुने एक व्याख्यान ने। इसने उसके अंदर सोती हुई शक्ति को झकझोर दिया, उसकी आकांक्षा को जगा दिया और उसके पांव आत्म-विकास के मार्ग पर चल पड़े।

मैं ऐसे कई आदमियों को जानता हूं जो अपने जीवन की मध्यम अवस्था तक पहुंचने से पहले कभी अपनी शक्ति को समझ नहीं सके। फिर वे कोई प्रेरणा और उत्साह देनेवाली पुस्तक पढ़कर, कोई उपदेश या व्याख्यान सुनकर, किसी ऊंचे आदर्शोंवाले मित्र से मिलकर, जो आदर्शों को समझता, मानता और बढ़ावा देता था, एकाएक इस तरह से जाग उठे जैसे किसी लंबी नींद से जागे हों।

आप पर इस बात का बड़ा फ़र्क पड़ेगा कि आप किन लोगों के साथ रहते हैं–उन लोगों के साथ, जो आप में योग्यता देखते हैं, आपका विश्वास करते हैं, आपको बढ़ावा देते और आपकी प्रशंसा करते हैं; या उनके साथ, जो सदा आपकी श्रद्धेय मूर्तियों को तोड़ते रहते हैं, आपकी आशाओं को भंग करते रहते हैं, और आपकी आकांक्षाओं पर ठंडा पानी डालते रहते हैं।

न्यूयार्क की बच्चों की एक अदालत के मुख्य अफ़सर ने अपनी 1905 की रिपोर्ट में लिखा है कि किसी लड़के या लड़की को सुधारने की दिशा में पहला क़दम यह है कि उसे अनुचित वातावरण से अलग कर दो। न्यूयार्क में बच्चों के प्रति क्रूरता रोकने के उद्देश्य से बनाई गई सोसाइटी भी पांच लाख से अधिक बच्चों

के सामाजिक और नैतिक कल्याण से संबद्ध मामलों की तीस वर्ष तक जांच करने के बाद इसी निष्कर्ष पर पहुंची कि वातावरण का असर वंश के प्रभाव से भी अधिक प्रबल होता है।

हममें से बलवान से बलवान व्यक्ति भी अपने वातावरण के प्रभाव से बाहर नहीं जा पाते। हमारा स्वभाव चाहे जितना स्वतंत्र, दृढ़ इच्छावाला और दृढ़ संकल्पवाला हो, पर हमारा वातावरण और परिस्थितियां हमें सदा प्रभावित करती रहती हैं। कुलीन से कुलीन बच्चा ले लो और उसका पालन-पोषण जंगली लोगों में होने दो। तब उसमें अपने जन्म के कितने गुण रह जाएंगे? यदि वह बचपन से पशुता के और जंगली वातावरण में बड़ा हुआ है, तो निश्चय ही वह क्रूर हो जाएगा। एक अच्छे घर में पैदा हुए बच्चे का किस्सा आता है, जो शिशु अवस्था में ही खो गया था त्याग दिया गया था। वह भेड़िये के बच्चों के साथ उनकी मां का दूध पीकर बड़ा हुआ और उसमें भेड़िये की सब विशेषताएं आ गईं–चार पांव से चलना, भेड़िये की तरह गुर्राना और खाना।

हममें से अधिकतर लोगों के जीवन का मार्ग बड़े प्रयत्नों से निर्धारित नहीं होता। हम स्वभावतः अपने चारों ओर दिखनेवाली बातों के ही पीछे चलते हैं, और आमतौर पर हम जिस जीवन में रहते हैं, उसकी सबसे प्रबल धारा के अनुसार उठते या गिरते हैं। कवि का यह कथन कि जो कुछ मैंने देखा, उस सबका मैं एक भाग हूं निरी कवि-कल्पना की उड़ान नहीं है; यह अक्षरशः सत्य है। हर चीज़ की, आपके सुने हुए उपदेश या व्याख्यान या वार्तालाप की, आपके जीवन के संपर्क में आनेवाले प्रत्येक व्यक्ति की आपके जीवन पर एक छाप पड़ती है और उस संबंध या अनुभव के बाद आप बिलकुल पहलेवाले व्यक्ति किसी भी तरह नहीं रहते। आप अब थोड़ा भिन्न हैं–आप जो कुछ पहले थे, उससे कुछ परिवर्तित हो गए हैं!

रेड इंडियन (अमरीकी आदिवासी) स्कूल कभी-कभी नए स्नातक होनेवाले इंडियन नौजवानों की तस्वीरें छापते हैं जिनमें वे अच्छे वस्त्र पहने होते हैं। उनकी आंखों में भविष्य और आकांक्षा की ज्योति की चमक दिखाई देती है। हम उनके लिए बड़ी-बड़ी बातों की भविष्यवाणी करते हैं, पर जो लोग फिर कबीले में लौट आते हैं, उनमें से अधिकतर कुछ समय तक अपने नए मानदंड बनाए रखने के लिए संघर्ष करते हैं; पर बाद में धीरे-धीरे रहन-सहन के अपने पुराने ढर्रे पर आ जाते हैं। निस्संदेह इसके बहुत-से उल्लेखनीय अपवाद भी हैं, पर वे दृढ़ चरित्र के लोग होते हैं जो अपने चारों ओर मौजूद नीचे खींचनेवाली ताकतों को परास्त कर देते हैं।

यदि आप असफल लोगों की लंबी-चौड़ी फ़ौज से मुलाकात करें तो आप देखेंगे कि लाखों आदमी इसलिए असफल हुए कि वे कभी प्रेरणादायक, उत्साहजनक वातावरण में नहीं घुसे; क्योंकि उनकी आकांक्षा कभी नहीं जागी, या उनमें इतना

बल नहीं था कि वे गिरावट या अनुत्साह पैदा करनेवाले दूषित वातावरण के मुकाबले में खड़े रह सकें। जो लोग जेलों और ग़रीबखानों में दिखाई देते हैं, उनमें से अधिकतर वातावरण के प्रभाव के दयनीय उदाहरण हैं जिन्होंने उनके श्रेष्ठ मानव मूल्यों के अंश के बजाय बुरे अंश पर ही असर डाला है।

आप जीवन में कुछ भी करें, पर आकांक्षा पैदा करनेवाले वातावरण में, अपने को ऊंचा उठाने की प्रेरणा देनेवाले वायुमंडल में बने रहने के लिए कुर्बानी करने को तैयार रहिए। ऐसे लोगों के निकट रहिए जो आपकी बात समझते हैं, जो आपका विश्वास करते हैं, जो आपको अपने सच्चे स्वरूप के पहचानने में सहायता दें और आपको अपना अच्छे से अच्छा उपयोग करने के लिए बढ़ावा दें। इससे आप औसत दर्जे की ज़िंदगी से उठकर महान सफलता के मार्ग पर बढ़ेंगे। उन लोगों के साथ चिपटे रहिए जो संसार में कुछ करने और कुछ बनने की कोशिश कर रहे हैं, जिनके ध्येय ऊंचे हैं और जिनकी आकांक्षाएं महान हैं। उन लोगों के निकट रहिए जो सच्चे दिल से यत्न कर रहे हैं। आकांक्षा भी संक्रामक होती है। आप वही भावना पकड़ लेंगे जो आपके वातावरण में व्याप्त है। **आपके चारों ओर जो लोग ऊंचा बढ़ने की कोशिश कर रहे हैं, उनकी सफलता से आपको पहले से भी अधिक कोशिश करने के लिए बढ़ावा और प्रेरणा मिलेगी।**

ऊंचे उद्देश्यों की प्राप्ति के लिए जूझते हुए मनुष्यों के समूह में बड़ी प्रबल शक्ति, बड़ा भारी आकर्षण-बल है, जो आपको अपनी चाही हुई वस्तु खींचने में सहायता देगा। उन लोगों के साथ रहने से बड़ी प्रेरणा मिलती है जिनकी आकांक्षाएं आपकी अपनी आकांक्षाओं के अनुरूप हैं। यदि आपमें उत्साह का अभाव है, यदि आप स्वभाव से सुस्त और आलसी हैं, या आराम से काम करनेवाले हैं, तो अधिक आकांक्षावान लोगों के निरंतर धक्के से आपको आगे बढ़ने की प्रेरणा मिलेगी।

देखकर सीखो

एक बार जॉन वानमेकर से कहा गया कि वह स्पेनिश समुद्र में डूबे उन जहाज़ों को निकालने के काम में धन लगाए। सोने के सिक्कों से भरे हुए जहाज़ आधी शताब्दी से समुद्र की तली में पड़े थे।

उसने जवाब दिया, "नौजवानो, मुझे एक इससे भी अच्छे काम का पता है जो इसी समय किया जा सकता है। आपके अपने पैरों के पास ही अवर्णनीय ख़जाने पड़े हुए हैं। सचाई से अध्ययन करके आप उन ख़जानों को हासिल कर सकते हैं।

"हमें कोयले की अधिकाधिक खानें खोदकर, बड़े-बड़े इंजन बनाकर, बहुत बड़े आकार की दरियां बुनकर ही संतोष न कर लेना चाहिए, बल्कि कुदाल की आवाज़, हथौड़े की चोट, करघों की खटर-पटर और मशीनों की घरघराहट के बीच यह भी ध्यान रखना चाहिए कि भगवान के अपने हाथ से बनाया गया अमर यंत्र–तुम्हारा मन–ऊंचे से ऊंचे और भले से भले सेवा कार्य के लिए सदा पूरी तरह समर्थ रहे।"

अशिक्षित आदमी सदा बहुत पीछे रह जाता है। मनुष्य में स्वाभाविक योग्यता चाहे जितनी हो, पर उसे जानकारी नहीं तो वह पिछड़ जाता है। केवल योग्यता होना ही काफ़ी नहीं है–मन के अनुशासन द्वारा उसे उपयोग में लाने के योग्य बनाया जाना चाहिए।

ऐसे देश में–जिसमें अंधे, बहरे और गूंगे और यहां तक कि लंगड़े-लूले और अपंग लोग भी अच्छी शिक्षा पाने की व्यवस्था कर लेते हैं–अज्ञानी रहने में हमें शर्म आनी चाहिए।

बहुत-से नौजवान आत्म-सुधार के छोटे-छोटे अवसरों को गंवा देते हैं क्योंकि वे बड़े अवसर देख ही नहीं पाते। आत्म-सुधार के लिए कोई विशेष प्रयत्न न करके वे सालों को यों ही गुज़र जाने देते हैं और अंत में अपने जीवन के मध्यकाल

में या और भी पीछे जब उनकी आंखें खुलती हैं और वे यह देखते हैं कि जो कुछ उन्हें जानना चाहिए था, वे वह सब भी नहीं जानते, तब उन्हें बड़ा धक्का लगता है।

हम जहां कहीं जाते हैं, वहीं ऐसे नर-नारी, विशेष रूप से पच्चीस से चालीस वर्ष की आयुवाले दिखाई देते हैं, जो आरंभ में शिक्षा न मिलने के कारण अविकसित रह गए हैं और इसलिए उन्हें गंभीर बाधाओं और कठिनाइयों का सामना करना पड़ रहा है। मुझे ऐसे लोगों के पत्र प्रायः मिलते रहते हैं जिनमें वे पूछते हैं कि क्या इतना जीवन बीत जाने के बाद वे शिक्षा प्राप्त कर सकते हैं। निस्संदेह वे शिक्षा ग्रहण कर सकते हैं। आज पत्राचार द्वारा शिक्षा देनेवाले अनेक स्कूल और संस्थाएं हैं, अनेक शाम के स्कूल हैं, व्याख्यान पुस्तकें, पुस्तकालय और पत्र-पत्रिकाएं हैं जिनसे अपना सुधार करने का संकल्प रखनेवाले नर-नारियों के लिए सुधार के बड़े अवसर हैं।

आप आरंभ में शिक्षा न मिलने पर दुःख कर रहे हैं और अब शिक्षा आरंभ करने को काफ़ी देर हो गई समझ रहे हैं, पर आप निश्चय रखिए कि आपके आस-पास ही बहुत-से ऐसे युवक-युवतियां भी हैं जिन्होंने अपनी बड़ी भारी उन्नति की है, हालांकि उन्हें इसके लिए आपसे आधी भी सुविधा प्राप्त नहीं थी।

सबसे पहले करने का काम यह है कि संकल्प किया जाए–दृढ़, ज़बरदस्त और पक्का संकल्प–कि हमें शिक्षित पुरुष या शिक्षित स्त्री बनना है, और हमें अज्ञान के कारण हीन रहकर जीवन नहीं बिताना है। यदि हमें शुरू में सुविधा नहीं मिली तो अब हमें उस कमी की पूर्ति करनी है। पक्का निश्चय कर लीजिए कि जिस त्रुटि को हम दूर कर सकते हैं, उसके कारण अब हम किसी से पीछे नहीं रहेंगे।

आप देखेंगे कि जब आप संसार के प्रति अपना रुख़ बदल लेंगे, तब आपके प्रति संसार का रुख़ भी बदल जाएगा। यह देखकर आपको आश्चर्य होगा कि जब आपने अपने मन का सुधार करने का ज़बरदस्त इरादा कर लिया है, तब आप इसे जल्दी और अधिक बदल सकते हैं। इस मामले में वैसे ही दृढ़ संकल्प से आगे बढ़िए, जैसे दृढ़ संकल्प से आप पैसा कमाते या कोई रोज़गार-धंधा सीखने की दिशा में बढ़ते हैं। हर सामान्य व्यक्ति में आत्म-सुधार की एक दिव्य भूख होती है, आगे बढ़ने या अपने को बड़ा बनाने की लालसा होती है। अपने को व्यक्त करने की इस आकांक्षा के कुचले जाने के प्रति सदा सतर्क रहिए।

मनुष्य बढ़ने के लिए बनाया गया है। यही उसके अस्तित्व का उद्देश्य या अर्थ है। प्रतिदिन अधिकाधिक बड़ा और विस्तृत होने की, अज्ञान के घेरे को कुछ दूर हटा देने की, ज्ञान में कुछ अधिक संपन्न हो जाने की, कुछ अधिक समझदार और बेहतर इंसान बन जाने की आकांक्षा बड़ी अच्छी आकांक्षा है। यह बिलकुल

भी ज़रूरी नहीं कि शिक्षा स्कूल-जीवन के थोड़े से वर्षों में ही पूर्ण हो जाती है। **सर्वोत्तम शिक्षा उन लोगों की है जो सदा सीखते रहते हैं, हर जगह से और हर अवसर पर सदा ज्ञान-संग्रह करते रहते हैं।**

मैं ऐसे नौजवानों को जानता हूं जिन्होंने ध्यान से देखने की आदत, या खाली मिनटों में पढ़ने के लिए जेब में पुस्तक रखने की आदत के द्वारा, या पत्राचार द्वारा शिक्षा देनेवाले स्कूलों में पढ़कर कालिज में शिक्षा पाए हुए बहुत-से लोगों से अधिक अच्छी शिक्षा और श्रेष्ठतर संस्कार प्राप्त किए हैं। जो नौजवान नए विचारों को झट पकड़ लेते हैं और जो उत्कृष्ट मस्तिष्कों के साथ बार-बार संपर्क में आते हैं, उनमें प्रायः न केवल व्यक्तिगत आकर्षण पैदा हो जाता है बल्कि उनकी मानसिक शक्ति भी विकसित हो जाती है।

संसार एक बड़ा विश्वविद्यालय है। पालने से लेकर कब्र तक हम सदा ईश्वर के महान विद्यालय में रहते हैं, जहां हर चीज़ हमें अपना पाठ सिखाने की, हमें अपना महान रहस्य बताने की कोशिश कर रही है। कुछ लोग सदा स्कूल में रहते हैं, सदा ज्ञान के कीमती कण संग्रह करते रहते हैं। उनके लिए हर चीज़ एक सबक है। यह सब कुछ देखने की सामर्थ्यवाली दृष्टि अपनाने में समर्थ मन की करामात है।

बहुत थोड़े लोग यह सीख पाते हैं कि आंखों का उपयोग कैसे करना चाहिए। वे चीज़ों पर ऊपरी नज़र डालते हुए संसार में चलते जाते हैं। उनकी आंख में बने चित्र इतने हल्के और धुंधले होते हैं कि उनकी बारीकियां दिखाई नहीं देतीं और उन पर कोई गहरी छाप नहीं पड़ती। परंतु आंख को महान शिक्षक होने के अभिप्राय से बनाया गया था। मस्तिष्क तो कैदी है जो कभी बाहर की दुनिया में नहीं आता। इसे वस्तुएं लाने के लिए अपने पांच या छः नौकरों, अर्थात् इंद्रियों में निर्भर रहना पड़ता है, और अधिकतर सामग्री आंख के रास्ते आती है। **जिस आदमी ने वस्तुओं को समग्रता में देखने की कला सीख ली है, वह अपने मस्तिष्क की नज़र से देखता है।**

मैं एक पिता को जानता हूं, जो अपने लड़के को उसकी ध्यान से देखने की शक्तियों का विकास करने की शिक्षा दे रहा है। वह उसे कुछ समय के लिए किसी अपरिचित सड़क पर भेज देता है और उसके लौटने पर यह पता लगाने के लिए उससे प्रश्न करना है कि उसने कितनी वस्तुएं ध्यान से देखीं। वह उसे बड़ी-बड़ी दुकानों, संग्रहालयों और अन्य सार्वजनिक स्थानों को देखने भेजता है और फिर यह देखता है कि लड़के ने जितनी चीज़ें देखी हैं, उनमें से कितनी चीज़ों का नाम और वर्णन वह घर लौटने पर कर सकता है। उस पिता का कहना है कि इस अभ्यास

से लड़के की चीज़ों पर केवल नज़र फेंकने के बजाय उन्हें ध्यान से देखने की आदत पड़ती है।

हारवर्ड विश्वविद्यालय के प्रो. एगासिज़ के पास, जो एक महान जीवशास्त्री थे, जब कोई नया छात्र जाता, तब वे उसे एक मछली दे देते और उससे कहते थे कि आधे या एक घंटे तक इसे अच्छी तरह देखो। जब छात्र यह समझता कि मैंने मछली के बारे में सब कुछ बता दिया है, तब प्रोफेसर उससे कहता, "वास्तव में तुमने अभी मछली को देखा नहीं। इसे थोड़ी देर और अच्छी तरह देखो और फिर बताओ कि तुमने क्या देखा।" वह कई बार यही चीज़ दोहराता और अंत में छात्र में ध्यान से देखने की शक्ति पैदा हो जाती।

यदि हम जीवन में सजग जिज्ञासु मन लेकर हर चीज को देखते चलें तो हम बड़ी भारी मानसिक दौलत और सारे भौतिक धन से अधिक बड़ी समझदारी जमा कर सकते हैं।

रस्किन का मन चिड़ियों, कीड़ों, पशुओं, पेड़ों, नदियों, पहाड़ों, सूर्यास्त और प्राकृतिक दृश्यों और चातक और झरने के गीत की स्मृतियों से संपन्न था। उसके मस्तिष्क में चित्रों की, मकानों की, मूर्तियों की हज़ारों तस्वीरें मौजूद थीं और इस दौलत को उसने ऐसे रूप में पुनः प्रस्तुत किया जिसमें यह सदा के लिए आनंददायक बन गई। उसके जिज्ञासु मन को हर वस्तु अपना सबक और अपना रहस्य देती थी।

दूसरों से सब तरह की जानकारी ग्रहण कर लेने की आदत बड़ी मूल्यवान है। मनुष्य उतना ही दुर्बल और प्रभावहीन होता है जितना वह अपने-आपको अन्य मनुष्यों से अलग रखता है। जो लोग एक-दूसरे के संपर्क में आते हैं उनमें जिज्ञासु-मस्तिष्क होने पर शक्ति का एक निरंतर प्रवाह चलता है, इधर से उधर बहते हुए बलों की एक धारा बहती है। हम सब लोग जब आपस में मिलते हैं तब निरंतर लेते-देते हैं। आज की दुनिया में सफलता पानेवाले को अपने चारों ओर के समाज से संपर्क रखना चाहिए। उसे अपनी उंगली इस महान व्यस्त जगत की नब्ज पर रखनी चाहिए और इसके जीवन की धड़कन महसूस करनी चाहिए। वह उसका एक भाग होना चाहिए अन्यथा उसके जीवन में कोई-न-कोई अभाव रहेगा।

ऐसा एक गुण जिसका आप सफलता से उपयोग कर सकते हैं, अज्ञान से बंधे दस गुणों से अधिक मूल्यवान है। शिक्षा का अर्थ यह है कि ज्ञान को अपने अंदर धारण कर लिया गया है, और वह व्यक्तित्व का हिस्सा बन गया है। **मनुष्य की दक्षता और सफलता की माप इस बात से होती है कि उसमें भीतर मौजूद**

शक्ति को व्यक्त करने की, अपने ज्ञान को प्रकट करने की कितनी योग्यता है। अंदर बंद ज्ञान बेकार है।

जो लोग अपनी शिक्षा की कमी अनुभव करते हैं और ख़र्च उठा सकते हैं, शिक्षकों की सहायता से–जो उनकी पढ़ाई और अध्ययन का भिन्न-भिन्न दिशाओं में चलाने का मार्ग बनाएंगे–एक साल में आश्चर्यजनक प्रगति कर सकते हैं।

स्वयं अपने को शिक्षित करने की कोशिश में ख़तरा यह है कि आदमी अव्यवस्थित उद्देश्यहीन अध्ययन करने लगता है जिससे आत्म-सधार के किसी निश्चित कार्यक्रम पर चलने से होनेवाले लाभ सरीखी कुछ भी उपलब्धि नहीं होती। जो व्यक्ति घर पर स्वयं पढ़कर शिक्षा पाना चाहता है, उसे किसी योग्य, अच्छी तरह शिक्षा पाए हुए व्यक्ति से अपने लिए एक रूप-रेखा बनवा लेनी चाहिए और यह रूप-रेखा तब ही सफलतापूर्वक बनाई जा सकती है, जब सलाह देनेवाले को अपने भावी छात्र के धंधे, शौक और ज़रूरतों का पता हो। गांव में या शहर में जो कोई शिक्षा पाने की आकांक्षा रखता है, उसे पढ़ाई का रास्ता बताने के लिए कोई न कोई मिल ही सकता है। कोई अध्यापक, पादरी, वकील या उसकी बस्ती का कोई और शिक्षित आदमी उसकी सहायता करने के लिए अवश्य मिल जाएगा।

स्वयं अपने को शिक्षित करने में एक विशेष सुविधा है। इस तरह आप अपने अध्ययन को अपनी आवश्यकताओं के अनुकूल बना सकते हैं। स्कूल या कालिज में ऐसा करना संभव नहीं होता। जो आदमी बिना शिक्षा पाए जीवन की मध्य अवस्था में पहुंच गया है, उसे पहले केवल अपने पेशे की पुस्तकें पढ़नी चाहिए और इसके बाद अन्य विषयों की पुस्तकें पढ़कर अपना आधार दृढ़ बनाना चाहिए। मनुष्य स्वयं अध्ययन करके इतिहास, अंग्रेजी, साहित्य, काव्यशास्त्र, ड्राइंग, गणित आदि अनेक विषय पढ़ सकता है और विदेशी भाषाएं पढ़ सकने लायक ज्ञान वह अपने-आप अध्ययन करके लगभग उतना ही अच्छा प्राप्त कर सकता है जितना अध्यापक की मदद से।

बाद के जीवन में प्रयोग करने के लिए कीमती जानकारी का प्रतिदिन संग्रह, अधिकाधिक परिश्रम की प्रेरणा देनेवाली पुस्तकों का अध्ययन, अपना और अपनी सांसारिक अवस्था का सुधार करने के लिए निरंतर उद्योग, किसी नौजवान के लिए बैंक में जमा रकम से कहीं अधिक मूल्यवान है।

इस देश में ऐसी कितनी लड़कियां हैं जो यह महसूस करती हैं कि कालिज की शिक्षा न पा सकने के कारण हमारे अंदर क्या कुछ त्रुटि है? उनके पास बढ़िया शिक्षा पाने के लिए समय भी है और साधन भी हैं, पर वे अपने गुणों और अवसरों को ऐसे तुच्छ मनोरंजनों और कामों में व्यर्थ नष्ट कर लेती हैं जिनसे प्रबल चरित्र के निर्माण में कुछ भी सहायता नहीं मिलती।

कालिज की शिक्षा के सारे आवश्यक अंश को घर पर प्राप्त कर लेना कोई ऐसी बड़ी मुश्किल चीज़ नहीं है। जिस समय मनुष्य घर पर अपना मन अध्ययन में केंद्रित करता है, उसका हर घंटा उतना ही लाभदायक होता है जितना कालिज में लगाया हुआ उतना समय।

हर सुव्यवस्थित गृहस्थ को उन लोगों के समय की रक्षा करनी चाहिए जो घर पर अध्ययन करना चाहते हैं। लंबी सर्दियों में प्रतिदिन शाम को सबकी सहमति से एक ऐसा समय निश्चित कर लेना चाहिए जब मानसिक एकाग्रता के लिए, मानसिक अनुशासन के मूल्यवान प्रयोजन के लिए शांति रखी जाए। उस शांति के समय में कोई समय-चोर आगंतुक बाधा न डाल सकेगा।

हज़ारों घरों में, जिनमें परिवार के लोग एक-दूसरे से प्रेम रखते हैं और जिन्हें एक-दूसरे को आगे बढ़ने में मदद देनी चाहिए, उनमें भी किसी के लिए पढ़ना-लिखना या आत्म-सुधार का कोई काम करना प्रायः असंभव हो जाता है। उनमें कोई-न-कोई विवेकहीन व्यक्ति दूसरों के काम में बाधा डालता रहता है, जिससे वे मन एकाग्र नहीं कर पाते; या ऐसे लोग जिन्हें आपके ध्येयों या आपके गंभीर जीवन से कुछ भी लेना-देना नहीं होता, बेकार गप-शप करके शाम गुज़ारने के लिए आ बैठते हैं। खाने-पीने और मनोरंजन की बातें करने के अलावा उनके सामने और कोई आदर्श नहीं होता और वे यह अनुभव भी नहीं कर पाते कि वे किस तरह आपके बढ़ने में रुकावट डाल रहे हैं।

अपना शाम का समय बरबाद करने का प्रलोभन मन पर सदा छाया रहता है, पर दृढ़ आकांक्षा और पक्के इरादेवाले लोग ही उन आम आकांक्षाशून्य व्यक्तियों से, जो सरकते रहने में ही संतुष्ट रहते हैं और जिन्हें रोज़गार की बातों के अलावा और कुछ भी पता नहीं होता, अपने-आपको ऊपर उठाने के लिए हंसी-ख़ुशी से भरे प्रेममय पारिवारिक वातावरण से या खुशमिज़ाज हमजोलियों से अपने-आपको अलग कर पाते हैं।

किसी निश्चित अध्ययन में अपने मन को दृढ़ और व्यवस्थित रीति से एकाग्र करने के लिए, चाहे वह एक बार में कुछ ही मिनटों के लिए हो, अपने-आपको दृढ़ कर सकने की आदत स्वयं में बड़ी महत्त्वपूर्ण है। इस आदत से मनुष्य को समय के छोटे-छोटे खंडों का उपयोग करने में मदद मिलती है, जबकि वे क्षण अधिकतर लोगों के लिए इस कारण अनुपयोगी होते हैं, क्योंकि उन्हें नियमित समय पर मन एकाग्र करने की कभी शिक्षा नहीं मिली होती है।

बचे-खुचे क्षणों में जो संभावनाएं भरी हुई हैं, उन्हें अच्छी तरह समझ लेना सफलता के लिए एक महान पूंजी है।

यदि आपकी यह ख्याति हो कि आप अपना सुधार करने की सदा कोशिश

करते हैं, किसी अधिक अच्छे काम के लिए अपने-आपको उपयुक्त बनाने के हर अवसर का लाभ उठाते हैं, आप पूरी तरह संजीदा हैं, दुनिया में कुछ बनने और कुछ करने का दृढ़ संकल्प बनाए हुए हैं, तो उससे ही आपकी अवर्णनीय सहायता मिलेगी। लोग उनकी सहायता करते हैं जो अपनी सहायता स्वयं करने का यत्न करते हैं। वे उनके मार्ग में अवसर फेंकते हैं। ऐसी ख्याति आगे बढ़ने के लिए उत्तम पूंजी है।

जो लोग अपनी शिक्षा की कमी के विचार से परेशान रहते हैं, उनके साथ मुश्किल यह है कि वे फुरसत के क्षणों का उपयोग करने के असीम महत्त्व से बेख़बर हैं। जैसे लड़के पैसा और अधन्ना नहीं बचाते, क्योंकि वे यह नहीं देख पाते कि इन्हें बचाने से बहुत-सी धन दौलत कैसे पैदा हो सकती है, उसी तरह वे लोग यह नहीं समझ पाते कि प्रतिदिन जब-तब थोड़ा-थोड़ा पढ़ते रहने से कालिज की शिक्षा की कमी कैसे पूरी की जा सकती है।

मैं एक नौजवान को जानता हूं जो कभी हाई स्कूल में भी नहीं पढ़ा, फिर भी उसने अपने को इतना शिक्षित कर लिया कि उसे एक कालिज में प्रोफेसर बनने का मौका दिया गया। उसने अपना अधिकतर ज्ञान अपने रोजगार में कठिन परिश्रम करते हुए बीच में मिलनेवाले क्षणों में ही अर्जित किया। खाली समय का उसके लिए कुछ अर्थ था।

पत्राचार द्वारा शिक्षा देनेवाले स्कूलों को यह बड़ा भारी श्रेय देना पड़ेगा कि उन्होंने लाखों लोगों को, जिनमें क्लर्क, मिल-मजदूर तथा अन्य कर्मचारी शामिल हैं, अपनी पढ़ाई के लिए और इस प्रकार खाली समय का जो वैसे संभवतः बरबाद ही हो जाता, पढ़ने में उपयोग करने के लिए प्रेरित किया। इन पत्राचार द्वारा शिक्षा देनेवाले स्कूलों के छात्रों ने अपनी शिक्षा में उन्नति करके जो तीव्र प्रगति की है, उसके कुछ बड़े मार्के के उदाहरण हमने सुने हैं। बहुत-से छात्रों ने शिक्षा पर जो ख़र्च किया उसका हज़ार प्रतिशत फल पाया है। इससे वे वर्षों की घिस-घिस से बच गए और उनका अपने ध्येय पर पहुंचने का रास्ता आश्चर्यजनक रूप से छोटा हो गया।

बुद्धि उन लोगों के लिए अपना दरवाज़ा नहीं खोलती जो त्याग और कठोर परिश्रम रूपी कीमत नहीं चुकाना चाहते। उसके रत्न-भूषण इतने अधिक कीमती हैं कि उन्हें निकम्मे आकांक्षाशून्य लोगों के आगे नहीं बिखेरा जा सकता।

हर सूरत में अपने-आपको अज्ञान से मुक्त करने का दृढ़ संकल्प ही शिक्षा पाने की दिशा में पहला कदम है।

चार्ल्स वेगनर्स ने एक बार एक अमेरिकी को उसके छोटे लड़के के बारे में लिखा था, "भगवान करे, वह समय की कीमत समझे। ईश्वर इस उदीयमान

लड़के पर यह कृपा करे कि वह कीमती और ईश्वर के दिए हुए समय का एक क्षण भी नष्ट न करे।"

सर्दियों के लंबे सायंकालों में और आपको मिलनेवाले छोटे-छोटे खाली क्षणों में अवर्णनीय दौलत बंद है। एक महान अवसर आपके सामने मौजूद है। क्या आप इसका उपयोग करेंगे?

काम करने की भावना

किसी आदमी से यह पूछने की आवश्यकता नहीं होनी चाहिए कि उसे अपना काम पसंद है या नहीं। उसके चेहरे की चमक से यह बात प्रकट हो जानी चाहिए। अपने काम में उसकी फ़ुर्ती और अभिमान, उसके असीम उत्साह और प्रसन्नता से यह पता चल जाना चाहिए। उसका अपने काम से इतना अधिक प्यार होना चाहिए कि इसमें उसे सबसे अधिक आनंद मिले और भीतर की इस ख़ुशी से उसका सारा अस्तित्व जग-मग होना चाहिए।

कोई आदमी किस किस्म का है, यह जानने की एक कसौटी उसके कार्य करने की भावना है। यदि वह कोड़े के डर के काम करनेवाले गुलाम की तरह मन मारकर अपना काम करता है, यदि उसे यह काम एक बोझ महसूस होता है, यदि उसका इसके लिए उत्साह और प्रेम उसे सामान्य से ऊंचा नहीं उठा देता, और बोझ के बजाय उसे एक आनंद नहीं बना देता, तो वह दुनिया में अपने लिए कोई बहुत बड़ा स्थान नहीं बना सकता।

जो आदमी अपने जीवन के जुए के बोझ से अपने को तंग अनुभव करता है, जो यह नहीं समझ पाता कि रोटी-पानी का सवाल ईश्वर ने स्वयं क्यों हल नहीं कर दिया और क्यों हर आदमी को प्रकृति से मिलनेवाली प्रत्येक वस्तु को सख्त मेहनत के द्वारा सायास प्राप्त करने के लिए विवश किया गया, जो आदमी इस सिद्धांत में एक हितकारक उद्देश्य और ऊंची आवश्यकता नहीं देख पाता कि हर किसी को अपनी जीविका कमानी चाहिए, उसने जीवन के प्रति एक ग़लत दृष्टिकोण बना लिया है और उसे अपने कार्य से कभी भी वे शानदार परिणाम नहीं प्राप्त होंगे जिन्हें प्राप्त करने के लिए उसकी सृष्टि की गई थी।

हज़ारों लोग अपने काम की ज़रा भी इज्ज़त नहीं करते। वे इसे रोटी, दाल, कपड़ा और मकान की व्यवस्था करने के लिए एक अरुचिकर आवश्यकता, एक

अनिवार्य बोझ समझकर चलते हैं, न कि एक महान मनुष्य-निर्माता, पुरुषत्व और स्त्रीत्व के उत्कर्ष के लिए एक महान जीवन-विश्वविद्यालय समझकर। आवश्यकता की जो प्रेरणा मनुष्य को अपने सर्वोत्कृष्ट अंश का विकास करने के लिए, अपनी आकांक्षा पूर्ति के संघर्ष द्वारा शक्तियों को व्यक्त करने के लिए, अपनी समृद्धि और सुख के शत्रुओं को विजय करने के लिए मजबूर करती है, उसकी प्रेरणा में उन्हें कोई दिव्यता दिखाई नहीं देती। उन्हें बिना कमाई संपत्ति की, जो प्रेरक भावना को दूर रखती है, बुराई नहीं दिखाई देती। उनके लिए काम निरा बोझ है, पूरी बला है, उनकी समझ में नहीं आता कि विधाता ने बनी-बनाई रोटियां पेड़ों पर क्यों नहीं रख दीं। उन्हें यह दिखाई नहीं देता कि जो कुछ वे प्राप्त करते हैं उसे सफल संघर्ष द्वारा प्राप्त करने के लिए मजबूर होने में कितनी दृढ़ता, चरित्रबल, उच्चता और पौरुष की ज़रूरत होती है। जो आदमी हर समय अपने काम के बारे में शिकायत या क्षमा-याचना करता है, वह कभी अपने जीवन को सफल नहीं बना सकता। शिकायत या क्षमा-याचना का अर्थ है, अपनी कमज़ोरी स्वीकार करना।

यह देखकर बड़ी दया आती है कि ईश्वर का एक वीर पुत्र–जो अपना सिर ऊंचा रखने और राजा की तरह रहने के लिए, प्रसन्न और सुखी होने तथा शक्ति की किरणें बिखेरने के लिए बनाया गया था–अपने काम के बारे में शिकायत करता फिरे, और इस बात से भी परेशान हो कि उसे कुछ भी काम क्यों करना पड़ता है। **कोई भी काम मन मारकर करना अपने नैतिक बल को नष्ट करना है।**

मानव-स्वभाव में अपने-आपको परिस्थितियों के अनुकूल बनाने की बड़ी भारी शक्ति है। मनुष्य के मन में भिन्न-भिन्न अवस्थाओं से अपना मेल बिठाने का आश्चर्यजनक गुण है। पर आप तब तक सर्वोत्तम परिणाम नहीं प्राप्त नहीं कर सकते, जब तक आपका मन स्थिर नहीं और जब तक आप यह पक्का इरादा नहीं कर लेते कि हम अपने काम को न केवल पसंद करेंगे। बल्कि उसे गुलाम की भावना के बजाय मालिक की भावना से भी करेंगे। **पक्का इरादा कर लो कि जो कुछ भी तुम करोगे उसमें अपनी सारी शक्ति लगाओगे, अपने अस्तित्व का सारा बल उसी पर केंद्रित कर दोगे, तुम इसे एक विजेता की भावना से करोगे और इस प्रकार वह पाठ और शक्ति प्राप्त करोगे जो केवल विजेता को प्राप्त होती है।**

अपने काम में सही भावना लाओ। अपने पेशे को ईश्वरीय समझो, जैसे वह ईश्वरीय आदेश है। यदि काम स्वयं महत्त्वपूर्ण नहीं, तो भी जिस भावना से आप उसे करते हैं, उससे आपके लिए भारी अंतर पड़ जाता है। यह भावना मनुष्य को बना भी सकती है और बिगाड़ भी सकती है। आपके जीवन के खाते में शिकायत वाले या बेढंगे काम की गुंजाइश नहीं है। आप अधकचरा काम

करने की आदत से या बोझ ढोने की भावना के काम करने की आदत से सुखी नहीं रह सकते, क्योंकि इससे आपके बाद के सारे जीवन पर बुरा प्रभाव पड़ेगा। वह सदा बड़े अनचाहे मौकों पर आपको हीन बनाएगी। रद्दी काम, बेढंगा काम दूसरे लोग करना चाहें तो उन्हें करने दो। अपना मानदंड और अपने आदर्श ऊंचे रखो।

जिस भावना से कोई मनुष्य अपना काम हाथ में लेता है, उसका उसके काम की श्रेष्ठता और दक्षता और उसके चरित्र पर बड़ा प्रभाव पड़ता है। मनुष्य जो कुछ करता है, वह उसकी अपनी सत्ता का भाग होता है। यह उसके आदर्शों की अभिव्यक्ति है। हमारा जीवन-कार्य हमारी आकांक्षा का, हमारे आदर्शों का, हमारी वास्तविक आत्माओं का बाह्यरूप-मात्र है। यदि आप किसी आदमी का काम देखते हैं तो उस आदमी को देख लेते हैं।

जब कोई आदमी अपना काम घटिया, अधमरे बेढंगे तरीके से करता है, तो वह स्वयं अपना आदर भी नहीं कर सकता, या अपने अंदर वह उदात्त आस्था नहीं रख सकता जो प्रत्येक महान सफलता के लिए परम आवश्यक है। जब तक वह अपनी भरसक कोशिश नहीं कर लेता, तब तक वह अपने मन का पूरा अनुमोदन नहीं पा सकता। अपने काम को बोझ या बला समझनेवाला आदमी भरसक यत्न नहीं कर सकता, वह अपने उच्चतम गुणों का प्रयोग नहीं कर सकता।

किसी भी परिस्थिति में कोई भी काम बोझ समझकर मत करो। इससे अधिक उत्साह तोड़नेवाली कोई भी वस्तु नहीं है। यदि परिस्थितियां आपको नापसंद काम करने के लिए मजबूर करती हैं तो कोई बात नहीं–उसमें कोई मनोरंजन और शिक्षाप्रद बात पाने के लिए अपने को ढाल लो। जो कार्य करना ज़रूरी है, वह अवश्य दिलचस्पी से भरा हुआ हो। प्रश्न केवल यह है कि हम मन में क्या भावना लेकर अपने कार्य की ओर बढ़ते हैं।

यदि आपका पेशा अरुचिकर है, तो प्रत्येक विद्रोही विचार, निराशा की प्रत्येक भावना आपको असफलता के वातावरण में ही लपेटती चली जाती है जिससे निश्चय ही एक और बड़ी असफलता खिंच कर आएगी। जो चुंबक सफलता और सुख प्राप्त करता है, वह अवश्य ही आशा और उत्साह के बल से आविष्ट होना चाहिए।

जिस आदमी ने अपनी सारी आत्मा को अपने काम में डालकर उसका बोझ हटाने का रहस्य नहीं सीखा है, उसने सफलता या सुख के प्रारंभिक सिद्धांत भी नहीं सीखे। **मामूली काम में भी एक उत्साह की भावना लाकर उसे इतना ऊंचा उठा देना सर्वथा संभव है कि वह एक गौरवपूर्ण कार्य बन जाए।**

हमारे साथ मुसीबत यह है कि हम एक नीरस दुनिया में आ पड़ते हैं और बिना मन के, बिना उत्साह के, बिना उद्देश्य के मशीन की तरह अपना कार्य करते

जाते हैं। हम वृद्धि के लिए, मन और आत्म-विस्तार के लिए जीने की ललित कला नहीं सीख पाते। हम तो बस ज़िंदा रहते हैं।

ईश्वर का यह आशय कभी नहीं हो सकता कि कोई आवश्यक कार्य बिल्कुल नीरस हो। इस सबमें एक महान और गहरा अर्थ होता है। इसमें एक गौरव है। इसमें हमारी शक्तियां हैं, हमारी मंज़िल है और संसार का कल्याण भी है।

क्या कारण है कि अधिकतर लोग यह सोचते हैं कि मामूली कामों में जीवन का गौरव नहीं है। गौरव तो कलाकार, गायक, लेखक बनने या कोई अन्य अधिक भद्र कार्य करने में है। जिसे वे 'गौरवयुक्त पेशा' कहते हैं। खेती में भी उतनी ही गरिमा और भव्यता तथा गौरव है जितना राष्ट्रनेता या लेखक होने में।

कुछ लोगों को कभी भी कोई सौंदर्य नहीं दिखाई देता। उनमें सौंदर्य को पकड़नेवाली आत्मा नहीं होती। दूसरे लोगों को हर जगह सौंदर्य दिखाई देता है। एक आदमी के लिए खेती एकरस जीवन है, एक असह्य धंधा है, एक नीरस दिनचर्या है, जबकि दूसरे आदमी को इसमें गौरव और गरिमा दिखाई देती है और उसे अधिक बड़े परिणाम पैदा करने के लिए मस्तिष्क को मिट्टी में मिलाने में और सृष्टिकर्ता के साथ मिलकर काम करने में असीम आनंद आता है।

मैं एक छोटे-से गांव के एक मोची को जानता हूं जो अपने पेशे में उस नगर के वकील और पादरी से भी अधिक गर्व अनुभव करता था। मैं एक किसान को जानता हूं जो अपनी फ़सलों पर इतना अभिमान करता है जितना कि उसकी बस्ती का और कोई व्यक्ति अपने पेशे में नहीं करता। वह अपने खेत पर ऐसे अभिमान से चलता है जैसे कोई राजा अपने राज्य में चल रहा हो। वह सुदक्ष किसान अपने अतिथियों को अपने घोड़ों, गायों और अन्य पशुओं का इस तरह परिचय देता है, जैसे वे कोई महत्त्वपूर्ण व्यक्ति हों, इसी तरह के उत्साह से खेती के प्रति बोझ की भावना दूर हो जाती है। और जीवन में, जो बहुतों के लिए सर्वथा उत्साहरहित और नीरस होता है, प्रसन्नता पैदा हो जाती है।

मैं एक स्टेनोग्राफर लड़की को जानता हूं जो बहुत थोड़ी तनख़्वाह पाती थी, पर जिस बड़ी फ़र्म में वह काम करती थी उसके मालिक की अपेक्षा भी वह अपने काम में अधिक उच्चकोटि का परिश्रम करती और उसे जीवन में फ़र्म-मालिक की अपेक्षा अधिक तृप्ति मिलती थी। मैं एक छोटे ज़िले में, जो रेलवे लाइन से पच्चीस मील दूर है, बिलकुल जंगल में बने स्कूल में काम करनेवाली एक अध्यापिका को जानता हूं जो अपने काम में और अपने छात्रों की प्रगति में इतना अभिमान रखती थी जितना मेरे कुछ परिचित कालिजों के अध्यक्ष अपने कर्तव्य में नहीं रखते मालूम होते।

एक लडकी कहा करती थी कि मैं कभी घर में काम नहीं करूंगी, और मैं कभी भोजन नहीं बनाऊंगी, चाहे मुझ पर कितनी ही मुसीबत आए। उसका विवाह ऐसे आदमी से हुआ जिसने अपना धन नष्ट कर लिया और अब उस लड़की को अपने नौकर हटाने पड़े और परिवार के लिए स्वयं खाना पकाना पड़ा। वह सोचती थी कि वह कभी यह काम न कर सकेगी, पर उसने रोटी बनाने को एक कला का रूप देने का, भोजन बनाने की रीति को ऊंचा उठाकर उसे अपने घर में एक विज्ञान का रूप देने का निश्चय किया और वह सफल हुई।

आपको काम चाहे जितना तुच्छ मालूम होता हो, पर उसे कलाकार की, किसी उस्ताद की भावना से कीजिए। इस प्रकार आप उसे सामान्य से ऊपर उठा देते हैं और इसे बोझा बनने से रोक लेते हैं।

आप देखेंगे कि यदि आप अपने प्रत्येक काम का पूरी तरह आदर करना सीख लें और उसे तब तक अपने हाथ से न निकलने दें, जब तक उस पर आपकी मंजूरी की मोहर ट्रेडमार्क की तरह न लग जाए तो इसका आपके सारे चरित्र पर एक आश्चर्यजनक प्रभाव होगा।

आपके कार्य की श्रेष्ठता का आपके जीवन की श्रेष्ठता से बड़ा भारी संबंध है। यदि आपके काम में श्रेष्ठता कम है तो आपका चरित्र नीचा हो जाएगा, आपके मानदंड और आदर्श नीचे हो जाएंगे। यदि आप सदा अपना काम सर्वोत्तम रीति से करने का आग्रह अपना लें, सदा अपने सर्वोत्तम रूप को व्यक्त करने का यत्न करें और निकृष्ट रूप कभी स्वीकार न करें तो इससे औसत दर्जे या असफल जीवन से उठकर आप सफल जीवन में आ जाएंगे।

यदि आप अपने कार्य में दस्तकारी के बजाय कलाकार की भावना रखें, यदि आप प्रबल जोश और एकाग्र उत्साह से कार्य करें, यदि आप अपने प्रत्येक कार्य में अपनी पूरी शक्ति लगाने का निश्चय करें, चाहे वह कोई काम हो, तो आपको उसे बोझ महसूस करने की भावना से अधिक दिन तंग नहीं होना पड़ेगा। **सब कुछ उस भावना पर निर्भर है जिससे हम कार्य करते हैं। यही भावना छोटे से छोटे काम में हमें कलाकार बना देती है; और ग़लत भावना ऊंचे से ऊंचे काम में हमें दस्तकार बना छोड़ती है।**

हम जो कुछ भी करते हैं, यदि उसका पूरी तरह और ईमानदारी से आदर करें, तो उसमें ही एक गरिमा है, एक अवर्णनीय बड़प्पन है। मनुष्य-जाति के कल्याण के लिए किए जानेवाले किसी भी काम में कोई छोटा बनानेवाली या घटिया बात नहीं है। आप अपने काम में केवल तलछट, अपनी शक्ति के केवल बचे-खुचे अवशेष लगाकर सफलता पाने की आशा नहीं कर सकते। आपका सर्वोत्तम अंश भी इसके लिए अधिक नहीं है।

हम असल में तब ही अपनी वृद्धि करते हैं, जब अपने काम में अपनी पूरी शक्ति लगाते हैं, जब हम उसमें खुशी, शक्ति उत्साह और जोश का प्रयोग करते हैं। एकमात्र इस तरीके से ही हम अपना उच्चतम आत्म-सम्मान कायम रख सकते हैं।

जब हम अपना काम ईमानदारी से नहीं करते, उसमें अपनी पूरी शक्ति नहीं लगाते, तब हम अपने-आपको बहुत आदर की दृष्टि से नहीं देख सकते। ऐसी कोई चीज़ नहीं जो आपकी अपने प्रति इस आस्था के नाश की कमी पूरी कर सके, जो आपकी अधूरा, बेढंगा या बेईमानी का काम करने की शोहरत से पैदा होनेवाली क्षति को पूरा कर सके।

केवल जीविका कमाने से, अपना दिनभर का काम आसानी से पूरा कर लेने से कहीं अधिक ऊंची चीज़ आपके भीतर आपको संतुष्ट करने के लिए मौजूद है। वह है आपकी सही काम करने की भावना, अपनी पूरी शक्ति से काम करने की आकांक्षा। अपना उच्चतम विकास करने की, उचित काम करने की–मनुष्य बनने की, आकांक्षा। इस आकांक्षा का स्वर आपके भीतर इतना ऊंचा होना चाहिए कि केवल रोटी कमाने का सवाल, केवल रुपया कमाने का प्रश्न उसके नीचे दब जाए।

पहले ही अपने मन में चुपचाप यह तय कर लो कि चाहे जो संकट आए, पर मैं मनुष्य बना रहूंगा; मेरा काम मेरे भीतर मौजूद सबसे ऊंचे और उत्तम रूप को प्रकट करेगा और मैं अपना काम घटिया और बेढंगा करके, अपने बुरे निंदनीय हीन रूप को उभारकर अपने को गिराने या नैतिक दृष्टि से दुर्बल करनेवाला काम करके सफलता नहीं पा सकता।

कितने ही लोग बिना उद्देश्य के अपने ध्येय में अधूरी निष्ठा रखते हुए–केवल तब तक अपने धंधे में लगे रहने की इच्छा करते हुए जब तक कि कोई आकस्मिक कठिनाई न आ जाए–काम करते दिखाई देते हैं। वे इसे तब तक करते रहने का विचार रखते हैं जब तक यह सहन हो जाए, या जब तक ऐसा कोई काम न मिल जाए जो उन्हें इससे अधिक पसंद हो। अपने जीवन-कार्य को, जो हमारे अंतिम ध्येय को निश्चित करता है, देखने का यह कायरोंवाला रास्ता है।

मनुष्य को अपने जीवन-कार्य की ओर, चाहे वह कितना ही तुच्छ हो, उन उच्च आदर्शों के साथ बढ़ना चाहिए, जो किसी महान कलाकार के आदर्श होते हैं, जिन्हें लेकर वह अपनी श्रेष्ठ कलाकृति अंकित करने चला है उसके मन में यह पक्का संकल्प होता है कि मैं कोई ऐसी ग़लत कूची नहीं चलाऊंगा जिससे मेरे मन का कल्पित चित्र बिगड़ जाए।

जीवन के इस अनगढ़ संगमरमर को गढ़ने के लिए बढ़ना एक पवित्र कार्य है। इसमें कोई ऐसी ग़लत चोट नहीं पड़ने दी जा सकती जिससे उस देवता की

आकृति बिगड़ जाए जो पत्थर में बस रहा है, क्योंकि हम जो प्रतिमा बनाते हैं, वह हमारे जीवन-कार्य का रूप पेश करने वाली होनी चाहिए। वह सुंदर हो या कुरूप, दिव्य हो या पाशविक, पर वह हमारी आत्मा की अभिव्यक्ति, हमारे अपने आदर्शों को प्रस्तुत करने वाली होनी चाहिए।

किसी नौजवान की अपने जीवन-कार्य के प्रति लापरवाही और उदासीनता को बढ़ते देखकर मुझे सदा दुःख पहुचंता है। मानो उसे इस बात से कोई फ़र्क नहीं पड़ता कि वह अपना काम कैसा करता है, बशर्ते कि वह उसे किसी तरह पूरा कर ले और उसका वेतन पा जाए। औसत नवयुवक अपने पेशे की पवित्रता, गरिमा और दिव्यता को कितना कम अनुभव करता है।

पेशे में केवल जीविका कमाने या प्रसिद्धि पाने से अधिक ऊंचा, अधिक व्यापक, गहरा और उदात्त अर्थ छिपा है। इसमें सबसे उत्तम चीज़ है जीवन को बनाना। यह मनुष्य का विकास करनेवाला, चरित्र का निर्माण करनेवाला और हमारे भीतर ईश्वर के दिए सब गुणों को बड़ा गहरा करनेवाला और नियमितता, सामंजस्य और सौंदर्य प्रदान करने वाला एक महान जीवन-विद्यालय होना चाहिए।

हमारे जीवन-कार्य के जिस हिस्से से हमें जीविका मिलती है, रोटी, कपड़ा और मकान मिलता है, वह इसके महान अनुशासनकारी और शिक्षाप्रद अंश–आत्माभिव्यक्ति या अपनी आत्मा के स्वरूप के प्रकाश का प्रसंग-मात्र है। प्रश्न यह है कि आप अपने पेशे से कितने बड़े और महान पुरुष या स्त्री बनकर निकलते हैं, यह नहीं कि इसमें कितना धन अर्जित करते हैं।

आपका जीवन-कार्य आपकी प्रतिमा है; इससे आप अलग नहीं हो सकते। यह वैसी ही सुंदर या कुरूप, आकर्षक या घृणित, प्रेरक या गिराने वाली है, जैसी इसे आप बनाते हैं। यह जीवन-कार्य या तो ऊंचा उठाएगा, या नीचा गिराएगा। जैसे आप अपनी इच्छा से ज़मीन से ऊपर नहीं उठ सकते, वैसे ही इससे अलग भी नहीं रह सकते।

आप जो भी कार्य करते हैं, जो भी पत्र लिखते हैं, जो भी वस्तु बेचते हैं, जो भी बातचीत करते हैं, जो भी विचार सोचते हैं, वह प्रत्येक कार्य या विचार उस छेनी की एक चोट के समान है, जो उस प्रतिमा को कुरूप या सुंदर बनाती है।

हम जिस मानसिक भावना से अपना जीवन-कार्य करते हैं, उसका रंग हमारे सारे जीवन पर चढ़ जाता है और उससे ही हमारे अंतिम ध्येय की श्रेष्ठता निर्धारित होती है। उच्च आदर्श ही जीवन को आम लीक से बचाता है, और प्रत्येक पेशे की उच्चता का रंग देता है। घटिया और हीन ध्येय किसी भी पेशे को गौरव से हीन कर देता है।

ज़िम्मेदारी शक्ति पैदा करती है

पनडुब्बी के एक गोले में इतनी अधिक गुप्त शक्ति होती है कि वह एक जंगी जहाज़ के टुकड़े-टुकड़े कर दे, पर विनाश के इन भयंकर साधनों की विस्फोट-शक्ति की मात्रा किसी सामान्य आघात से कभी नहीं जानी जा सकती।

बच्चे इससे वर्षों खेलते रहें, इसे इधर-उधर लुढ़काते रहें, इस गोले को सामान्य मकान की दीवारों पर चलाया जाए, पर इसकी भयंकर प्रबल शक्ति नहीं दिखाई देगी। इसकी विपुल विस्फोटक शक्ति तब ही प्रकट होगी जब इसे भयंकर बल के साथ तोप द्वारा क़रीब एक फुट लंबी इस्पात की नली में से चलाया जाए और इसे अपने लायक प्रतिरोध मिल जाए।

हर मनुष्य अपनी अधिक ज़बरदस्त ताकत से तब तक अपरिचित रहता है, जब तक कोई बड़ी ज़िम्मेदारी, कोई विषम संकट या उसके जीवन का कोई महान मोड़ उस शक्ति को खींचकर बाहर न ला दे।

जनरल ग्रांट ने खेत पर काम किया, लकड़ी ढोई, चमड़ा कमाया, दुकान की, युद्ध में भाग लिया, शहर में कई छोटे-मोटे धंधे किए, पर इनसे उसके भीतर सोती हुई विशाल आत्मा नहीं जागी। यदि गृह-युद्ध का संकट पैदा न होता तो संभव है कि उसका नाम अपनी छोटी-सी बस्ती के बाहर कभी सुनाई भी न पड़ा होता।

इस आदमी में एक विशाल गतिमान शक्ति थी, पर उसे प्रदीप्त करने के लिए महान गृह-युद्ध के आघात की ज़रूरत थी। किसी सामान्य अवसर से उसकी सोती हुई शक्ति न जागती, किसी सामान्य अनुभूति से इस महामानव में पड़ा बारूद न सुलगता। सामान्य परिस्थितियों में उसने अपना सारा जीवन अपनी योग्यता से अपरिचित रहकर गुज़ार दिया होता–ठीक वैसे ही जैसे डायनामाइट के अधिकतर बड़े-बड़े गोले जो शायद इस कारण कभी भी विस्फोटित न किए जाएंगे, क्योंकि उनका विस्फोट करने के लिए उपयुक्त बड़ा युद्ध-संकट ही नहीं आएगा।

खेती, लकड़ी-कटाई, सर्वे का काम, दुकान, राज्य-विधानसभा, वकालत, यहां तक कि अमरीकन संसद भी अब्राहम लिंकन में मौजूद शक्ति की ज्वाला को प्रदीप्त करने के लिए, गतिशील ऊर्जा का विस्फोट करने के लिए काफ़ी बड़ा अवसर नहीं प्रस्तुत कर सकी। सामने मौजूद संकट में पड़े हुए राष्ट्र की ज़िम्मेदारी ही इस आदमी में–जो शायद अमरीकन महाद्वीप में पैदा हुआ महानतम आदमी था–रखे हुए भारी बारूद को प्रदीप्त करने के लिए उपयुक्त दे सकी।

इस बात की कोई संभावना नहीं है कि यदि गृह-युद्ध का संकट न आया होता तो लिंकन इतिहास में कोई बड़ा आदमी समझा जाता। राष्ट्र के संकट ने उसके ऊपर ज़िम्मेदारी लाद दी, जिसने उसकी संचित शक्ति के अंतिम कतरे तक उसकी सफलता कि छिपी शक्ति को–उस सूझ-बूझ को जिसके अपने भीतर होने की उसे, इस संकट के अभाव में कभी कल्पना भी न हुई होती–बाहर प्रकट कर दिया।

इतिहास के कुछ महान पुरुष तब तक अपना असली रूप नहीं देख सके, जब तक उनके हौसले और चरित्र-बल के अलावा, सब कुछ नष्ट न हो गया, या जब तक उन पर कोई बड़ी मुसीबत न आ गई और हताश होकर उन्हें अपने संकट को दूर करने का नया रास्ता बनाने के लिए मजबूर न होना पड़ा।

महान लोग परिस्थितियों की विकट आवश्यकताओं के कठोर विद्यालय में बनाए जाते हैं, जिस शक्तिशाली, ज़बरदस्त, प्रबल, तगड़े लोगों ने सभ्यता को ऊपर उठाया है, वे स्वावलंबन की उपज थे। उन्हें किसी ने आगे नहीं धकेला या ऊपर नहीं चढ़ाया। उन्होंने अपनी उन्नति के मार्ग का एक-एक इंच संघर्ष करके पार किया।

वे महामानव हैं, क्योंकि उन्होंने कठिनाइयों पर महान विजय प्राप्त की। वे कठिन स्थितियों को अपने काबू में ला सके। उन्होंने जिन बाधाओं को पार किया, उनकी शक्ति अपने अंदर भर ली।

हमारे अनेक बड़े व्यापार-स्वामियों को तब तक अपनी असली शक्ति का पता नहीं चला जब तक किसी बड़ी आर्थिक गिरावट या बदक़िस्मती ने उनकी सारी संपत्ति छीन ली और उनके पांवों के नीचे से सहारा न हट गया। अनेक नर-नारियों को तब तक अपनी योग्यता का पता नहीं चला, जब तक ऐसी हर चीज़ उनसे न छिन गई जिसे वे अपनी सफलता में सहायक समझते थे, जब तक उनकी हर चीज़ नष्ट न हो गई जिसे जीवन में प्रिय मानते थे। **हमारी महानतम शक्ति, हमारी सबसे बड़ी सामर्थ्य हमारी प्रकृतियों में इतनी गहराई में पड़ी हुई है कि उसे बाहर लाने के लिए प्रायः किसी बड़ी आपत्ति–किसी प्रबल संकट–की आवश्यकता होती है।** जब हम यह महसूस करते हैं कि हमारी पीछे सब पुल

जला दिए गए हैं, पीछे भागने के सब रास्ते काट दिए गए हैं और हम किसी बाहरी मदद से सहारा नहीं पा सकते, तब ही हमें अपनी पूरी नैसर्गिक शक्ति का पता चलता है। जब तक हमें बाहरी मदद मिलती रहती है, तब तक हमें अपने भीतर मौजूद साधनों का कभी पता नहीं चलता। कितने ही नौजवानों और नवयुवतियों की सफलता का श्रेय किसी बड़ी बदक़िस्मती को है, जिसने सारी सुख-सुविधा को भंग कर दिया–किसी रिश्तेदार की मृत्यु, कारोबार या मकान की हानि या कोई और बड़ी दुर्घटना हो गई जिसने उन्हें केवल अपने साधनों के सहारे खड़े होने और खुद अपने लिए संघर्ष करने को मजबूर कर दिया।

ज़िम्मेदारी शक्ति का बड़ा विकास करती है। जहां ज़िम्मेदारी होती है, वहां मनुष्य बढ़ता है। जिन व्यक्तियों को कभी ज़िम्मेदारी के पद नहीं दिए जाते, वे अपनी वास्तविक शक्ति कभी विकसित नहीं कर पाते। यह भी एक कारण है कि जिन लोगों ने दूसरों की सेवा में अधीनता के पदों पर रहकर अपने जीवन बिताए हैं, उनमें अत्यंत दृढ़ पुरुष या स्त्री मुश्किल से मिलते हैं, वे कमज़ोरों की तरह जीवन बिताते हैं, क्योंकि उन पर कभी बड़ी ज़िम्मेदारी नहीं पड़ी और इसी कारण उनकी शक्ति की परीक्षा या विकास नहीं हो सका। उनके लिए चिंतन दूसरों ने किया। उन्होंने तो केवल किसी दूसरे के द्वारा निर्धारित कार्यक्रम का पालन-भर किया है। उन्हें कभी अकेले खड़े होने की, स्वयं चिंतन करने की, स्वतंत्र रूप से कार्य करने की शिक्षा नहीं मिली। अपने लिए स्वयं योजना बनाने की कभी मजबूरी न होने के कारण उन्हें अपने सर्वोत्तम गुणों का–अपनी मौलिकता, आविष्कार-बुद्धि, पहल व स्वयं आगे बढ़ने की प्रवृत्ति, स्वतंत्रता, आत्म-विश्वास, अपने पूर्ण चरित्र-बल और दृढ़ता का–विकास करने का कभी मौका नहीं मिला। **नई चीज़ पैदा करने की, चीज़ों का गठन करने की, संकटों का सामना करने की शक्ति–वह शक्ति जो कठिन स्थितियों का मुकाबला करने के लिए अपने बलों का निरंतर संगठन करने से, साधनों का साध्यों से मेल मिलाने के लिए अपनी सामर्थ्य का निरंतर संकल्प करने से पैदा होती है; वह दृढ़ता या शक्ति जो आदमी को किसी राष्ट्र के जीवन के महान संकट का सामना करने योग्य बनाती है–वर्षों तक महान ज़िम्मेदारी की व्यावहारिक शिक्षा लेने से ही विकसित होती है।**

इससे बढ़कर गुमराह करनेवाली कोई और विचारधारा नहीं है कि यदि किसी नौजवान में गुण है तो वह बाहर आ ही जाएगा। वह बाहर आ भी सकता है और नहीं भी आ सकता। यह मुख्यतः परिस्थितियों पर, आकांक्षा जगानेवाले और चरित्र-बल को उभारनेवाले वातावरण के होने या न होने पर निर्भर है। अधिकतम

योग्यता के साथ अधिकतम आत्म-विश्वास या अधिकतम आकांक्षा हमेशा नहीं रहती।

इस समय भी प्रायः हमारी हर व्यापारिक फ़र्म के क्लर्कों या सामान्य कर्मचारियों में ऐसी शक्ति छिपी है जिससे वे उनका आज जैसा या उससे अच्छा प्रबंध कर सकें, बशर्ते कि इस प्रचंड शक्ति को क्रियाशील करने के लिए अवसर और आवश्यक संकट उनके सामने उपस्थित हो।

पर जो दुकानों पर सौदा बेचने वाले लगातार वर्षों कपड़ा नापते हैं या जूते या मोज़ें बेचते हैं, वे यह कभी भी कैसे जान सकते हैं कि उनके संगठन करने की कौन-सी गुप्त शक्ति है, प्रबंध की कौन-सी योग्यता या आगे बढ़ने की प्रवृत्ति है? यह सच है कि कुछ अधिक आकांक्षा और हिम्मतवाले लोग काम छोड़कर निकल आते हैं और अपना काम अलग शुरू कर देते हैं, परंतु इसका यह अर्थ नहीं कि वे लोग उन लोगों से सदा अधिक योग्य होते हैं जो पीछे रह जाते हैं। कभी-कभी अधिकतम योग्यता वाले लोगों में बहुत विनयशीलता और भय भी हुआ करता है और फिर अपनी अधिक योग्यता समझनेवाले आदमी अपने स्वतंत्र कार्य का जोखिम उठाने से इस कारण रुक जाते हैं कि जीविका के लिए उन पर आश्रित लोगों को किसी मुसीबत का सामना न करना पड़े। पर किसी आदमी पर ज़िम्मेदारी डाल दो और उसे लाचारी की हालत में पहुंचा दो; और फिर देखा कि समय की आवश्यकता उसके भीतर मौजूद सामर्थ्य को बाहर निकाल लाएगी। यह उसकी आगे बढ़ने की प्रवृत्ति, उसकी सूझ-बूझ, उसके युक्ति-कौशल, उसके आत्म-विश्वास, साधनों का साध्य से मेल बैठाने की उसकी शक्ति को क्रियाशील कर देगी। यदि उसमें नेतृत्व के कोई तत्त्व मौजूद हैं, तो ज़िम्मेदारी उन्हें बाहर प्रकट कर देगी। वह उसकी कार्य कर डालने की कसौटी बन जाएगी।

मुझे एक नौजवान का ध्यान है जिसने एक बहुत महत्त्वपूर्ण पद सौंपे जाने के दिन से छः महीने के भीतर ऐसी अद्भुत योग्यता का विकास कर लिया कि उसे जानने वाला हर आदमी चकित रह गया। उसके बड़े से बड़े मित्र भी यह न मानते कि वह शक्ति उसमें मौजूद थी, पर महान ज़िम्मेदारियों ने–लाचारी की स्थिति ने–जो उसके ऊपर ज़बरदस्ती थोप दी गई थी, उसके भीतर संचित ऊर्जा को बाहर निकाल दिया, और उसने जल्दी ही बता दिया कि वह किस धातु का बना है। इस उन्नति ने और कंपनी के उस थोड़े-से माल ने, जो उसे दिया गया था, उसकी आकांक्षा को जगा दिया, और एक ज़बरदस्त शक्ति जगा दी जिसके अपने भीतर होने का उसे स्वप्न में भी पता न था।

आज हज़ारों नौजवान और नवयुवतियां अपना असली रूप दिखाने के लिए किसी मौके की प्रतीक्षा कर रहे हैं, और जब अवसर आएगा, ज़िम्मेदारी पड़ेगी, तब

वे अपने सामने मौजूद काम को करने में समर्थ सिद्ध होंगे।

बड़ी फ़र्मों के मालिक अपने किसी सुपरिटेंडेंट या सहायक की, जो अद्भुत योग्यता से प्रबंध करता था, मृत्यु से बड़े परेशान होते हैं। वे इस बात से बड़े भयभीत होते हैं कि शायद इस मृत्यु के परिणाम विनाशकारी होंगे, और यह समझते हैं कि उसके स्थान को भरना लगभग असंभव होगा; पर जब वे उस स्थान के लिए किसी समर्थ आदमी की तलाश में इधर-उधर नज़र दौड़ा रहे होते हैं, तभी कोई-न-कोई आदमी, जो अपने पहले वाले सुपरिटेंडेंट के नीचे कार्य करता था, अस्थायी रूप से उसका कार्य संभालता है और अपने-आपको उससे भी अच्छा प्रबंधक सिद्ध कर देता है।

हर जगह सामान्य पदों पर काम करनेवालों में से निरंतर ऐसे नौजवान और नवयुवतियां निकलती रहती हैं जो इन स्थानों की प्रायः उन लोगों की अपेक्षा कहीं अधिक अच्छी पूर्ति करती हैं जो चले गए हैं और जिनके स्थान की पूर्ति प्रायः असंभव समझी जाती थी। अपने कर्मचारियों पर बहुत-सी ज़िम्मेदारी डालने से डरो मत। आपको यह देखकर आश्चर्य होगा कि वे कितनी जल्दी अपना बोझ उठा लेते हैं, और अपने अंदर कितनी अप्रत्याशित योग्यता का विकास कर लेते हैं।

बहुत-से मालिक महत्त्वपूर्ण खाली स्थान भरने के लिए अपनी फ़र्म से बाहर लोगों को तलाश करते रहते हैं, क्योंकि वे तब तक किसी मनुष्य की योग्यता को देख या समझ नहीं सकते, जब तक उसने उसे अपने व्यवहार द्वारा प्रदर्शित न कर दिया हो, पर अवसर मिले बिना ही वह अपनी योग्यता कैसे दिखा सकता है।

आज हमारे सब बड़े-बड़े व्यवसाय-संस्थानों में बीसों नौजवान ऐसे होंगे जो वर्तमान मैनेजरों के बराबर समर्थ हैं। ऐसा कोई पद नहीं है जिसको कोई दूसरा, जो इस समय छोटे पद पर काम कर रहा है और जिसकी अब तक कोई प्रशंसा सुनाई नहीं दी, अब की तरह ही या उससे अच्छी तरह संभाल नहीं सकता।

जब कोई बड़ा राष्ट्र-नेता चला जाता है, तब प्रायः लोग चारों ओर देखते हैं और कहते हैं कि उसकी स्थान की पूर्ति करनेवाला कोई नज़र नहीं आता, पर किसी असंभावित कोने से, शायद किसी छोटे-से कोने में बसे कस्बे से, जन-साधारण में से एक आदमी निकल आता है, जो आपत्ति का मुकाबला करने में समर्थ सिद्ध होता है।

किसी आदमी के संचित गुणों को प्रकाश में लाने का उपाय है उस पर ज़िम्मेदारियां डालना। यदि उसमें कुछ गुण हैं तो वे अपने आप उससे बाहर आ जाएंगे।

हममें से कुछ लोग लाचारी में बिना पड़े अपने पूर्ण रूप में प्रकट नहीं हो पाते और शक्तिमान नहीं बनते। जब हम रॉबिंसन क्रूसो की तरह जहाज़ नष्ट हो

जाने पर किसी द्वीप पर जा पड़ते हैं, हमारे पास अपने मस्तिष्क और हाथों के सिवाय कुछ नहीं होता, हमारे अंतस्तल में छिपी सूझ-बूझ के अलावा कुछ नहीं रहता, वास्तव में तभी हम अपने-आपको पूरी तरह जान पाते हैं, कैप्टन को तब तक अपने आदमियों के भीतरी रूप का कभी पता नहीं चलता जब तक जहाज़ को डुबाने में समर्थ समुद्री तूफान से उनकी परीक्षा नहीं हो जाती।

हमारे भीतर ज़बरदस्त शक्तियां और छिपी हुई सामर्थ्य मौजूद हैं जिनका शायद हमें कभी भी ज्ञान न हो। यह बात इस तथ्य से सिद्ध होती है कि किसी बड़े संकट या आपत्ति के समय सामान्य लोगों में भी बड़ी विराट शक्ति पैदा हो जाती है

लिफ्ट चलानेवाले लड़के ने स्वप्न में भी यह नहीं सोचा होगा कि उसकी प्रकृति में कोई वीरतापूर्ण अंश मौजूद है। उसने कभी भी यह न सोचा होगा कि कभी उन लोगों के बराबर ऊंचा उठ जाने की उसमें संभावना है, जिन्हें वह अपनी लिफ्ट में बिठाकर उनके दफ्तरों में पहुंचाता है। पर भवन में आग लग जाती है और वह लड़का, जिसकी ओर कभी किसी ने ध्यान नहीं दिया था और जिसमें विशेषता के कोई चिह्न दिखाई नहीं देते थे, कुछ मिनटों में अत्यंत वीरोचित गुणों का विकास कर लेता है। वह धुएं से घुटते-घुटते भी अपनी लिफ्ट को जलती हुई मंज़िलों में लाता ले जाता है, गरम तार से उसके हाथों में छाले पड़ जाते हैं और वह एक सौ आदमियों की जान बचा लेता है, जो उसके ऐसा न करने पर मर गए होते।

एक जहाज़ समुद्र में टूट जाता है और अचानक कोई गरीब परदेसी उस समय नेता बन जाता है। वह एक जीवन-रक्षक नौका की कमान संभाल लेता है और जिस समय दूसरे लोग उत्साह खो बैठते हैं, उस समय वह शांति से अधिकारपूर्वक और दृढ़ता के साथ आदेश देता रहता है।

एक अस्पताल में आग लग जाती है और नाज़ुक, संकोची, अपंग लड़की क्षण-भर में वीर क्षत्राणी बन जाती है और दस मनुष्यों के बराबर कार्य करती है।

आग लगने पर जहाज़ टूटने के समय, सब तरह के महाविनाशों या आपत्तियों के समय हिम्मत और वीरता के वे काम कर लिए जाते हैं जो उस महान परीक्षा से पहले उन लोगों के लिए, जिन्होंने ये किए, असंभव समझे जाते थे।

कोई भी आदमी तब तक यह नहीं जानता कि उसमें कितनी बड़ी प्रबल शक्ति मौजूद है, जब तक किसी बड़े संकट में उसकी परीक्षा नहीं होती। बहुत बार लोग अपने सच्चे स्वरूप को जाने बिना जीवन के बीच की अवस्था तक या उससे भी आगे पहुंच जाते हैं। जब तक किसी महान संकट, हानि या दुःख से उनकी परीक्षा नहीं होती, तब तक वे यह नहीं बता सकते कि वे कितना तनाव सह सकते हैं। उनके सामने पहले कभी इतना बड़ा संकट नहीं आया होता

है जो उनकी छिपी शक्ति को बाहर ला सके और जब तक वह महान संकट उनके ऊपर नहीं आया, तब तक वे स्वयं भी यह नहीं जानते थे कि उनमें कितनी सामर्थ्य है।

मुझे कई उदाहरण पता हैं जिनमें आराम के जीवन में पली हुई लड़कियों को अपने माता-पिता की मृत्यु और पैतृक संपत्ति के नाश के कारण एकाएक अपने ही साधनों का सहारा रह गया। उन्होंने कभी काम नहीं किया था। वे नहीं जानती थीं कि कोई उपयोगी कार्य कैसे किया जाए। उनका कोई व्यापार नहीं था और जीविका कमाने की कोई धारणा भी उनके मन में न थी; फिर भी उनमें एकाएक कार्य करने की चमत्कारिक योग्यता का विकास हो गया। शक्ति तो थी पर छिपी हुई थी, और अब तक कभी उन पर ज़बरदस्ती ज़िम्मेदारी नहीं डाली गई थी।

किसी दुर्घटना या मृत्यु के कारण भारी ज़िम्मेदारी के पदों पर एकाएक ज़बरदस्ती बैठा दिए गए नौजवान प्रायः छः महीने में पहले जैसे नहीं रहे। उनमें प्रबल पुरुषोचित्त गुणों का विकास हो गया, जिनके होने का उन्हें स्वप्न में भी गुमान नहीं था। ज़िम्मेदारी ने उन्हें आदमी बना दिया। और जब अनुभवहीन और कभी परीक्षा में न पड़ी लड़कियों पर एकाएक संकट आ पड़ा, जिसमें उन्हें कोई व्यापार चलाना पड़ा या किसी परिवार का पालन करना पड़ा तब वे भी पूरी स्त्रियां बन गई है।

बहुत-से लोग आगे बढ़ने की अपनी सामर्थ्य पर अविश्वास करते हैं क्योंकि उन्हें कभी इसको प्रयोग करने का अवसर ही नहीं मिला। एक ही काम वर्षों तक एक ही तरह करते जाने की नीरसता के नए गुणों के विकास की प्रवृत्ति नहीं रहती। हम अपनी सामर्थ्य को तब ही नाप सकते हैं जब हमें अपनी सारी मानसिक शक्तियों का प्रयोग करना पड़े और उन्हें हम पुष्ट करें।

मैं ऐसे नौजवानों को जानता हूं जो अपने अलावा हर किसी पर आस्था रखते हैं। उन्हें दूसरे लोगों की ज़िम्मेदारी पूरी कर सकने में कोई संदेह नहीं होता पर अपने बारे में वे सदा अस्थिर होते हैं, "ओह, मुझे इसका इंचार्ज मत बनाओ कोई और आदमी यह काम मुझसे अधिक अच्छी तरह कर सकता है।" वे इस कारण ज़िम्मेदारी से बचते हैं कि उनमें आत्म-विश्वास की कमी होती है।

शक्ति का विकास करने का एकमात्र तरीका यही है कि जीवन के आरंभिक काल में यह दृढ़ संकल्प कर लो कि हम अपनी शक्ति का विकास करने का कोई भी मौका हाथ से न जाने देंगे।

ऐसे किसी भी काम से मत झिझको जिससे आपको अधिक अनुशासन, अधिक अच्छा शिक्षण और अधिक अनुभव प्राप्त होने की संभावना हो। चाहे वह कितना ही अरुचिकर हो, पर अपने-आपको ज़बरदस्ती उसमें लगाओ। यह परवाह

मत करो कि वह कार्य कठिनाइयों से भरा हुआ है। उसे संभाल लो और यह निश्चय कर लो कि हम इस कार्य को इतना अच्छा करेंगे जितना पहले कभी नहीं हुआ।

एक बार मैंने एक आदमी को यह कहते सुना कि मुझे अपने जीवन में सबसे अधिक अफसोस इस बात पर है कि मैंने अपने सामने प्रस्तुत प्रत्येक ज़िम्मेदारी का पद अस्वीकार करने की अपनी स्वाभाविक प्रवृत्ति को खुली छूट दी। वह स्वभाव से इतना संकोची था कि जिस पद की ओर लोगों का ध्यान खिंचता या जिससे ज़रा भी प्रसिद्धि मिलती, वह उसे नापसंद होता था। उसके महान गुण इसलिए अविकसित रहे कि उसे कभी भी वह ज़िम्मेदारी नहीं मिली जो मनुष्य की संचित ऊर्जा को बाहर लाती है और उसकी छिपी शक्तियों का विकास करती है। बहुत बार उसने सोचा कि अपना रास्ता बदलूं और यह निश्चय किया कि आत्म-विकास के अगले अवसर को लाभ उठाए बिना नहीं जाने दूंगा, पर अधिक अच्छी तैयारी न हो जाने तक रुके रहने की आदत उस पर ऐसी हावी हो गई कि वह बदल न सका। परिणाम यह है कि यद्यपि उसकी शक्ति और उच्च मनस्विता को सब स्वीकार करते हैं, पर उसका जीवन बड़ा ठंडा-ठंडा हलचल शून्य और महत्त्वहीन रहा है। यदि उसने ज़िम्मेदार का हर पद संभालने का नियम बना लिया होता जिससे उसके सर्वोत्तम गुण प्रकाश में आते, तो स्थिति सर्वथा भिन्न होती।

बहुत-से लोग इस कारण कभी भी अपने भीतर रूप समझ नहीं पाते या सामर्थ्यों को नहीं जान सकते, क्योंकि वे सदा ज़िम्मेदारी लेने से झिझकते रहते हैं। वे अपनी-आपको किसी दूसरे के हाथ में सौंप देते हैं और अपनी महानतम सामर्थ्यों को प्रकाशित और विकसित किए बिना ही मर जाते हैं।

व्यक्तिगत रूप से मैं यह मानता हूं कि हर नौजवान का यह कर्तव्य है कि वह इस संभावना को ध्यान में रखे कि वह स्वतंत्र होगा और स्वयं अपना मालिक होगा; और यह संकल्प करे कि वह अपने जीवन में किसी के इशारों का दास नहीं रहेगा; कोई घंटी बजने पर आने-जानेवाला नहीं होगा, वह स्वयं अपनी इच्छा का मालिक होगा; वह एक पूरा पहिया बनेगा, उसका एक टुकड़ा नहीं; वह एक पूरी मशीन बनेगा चाहे वह छोटी हो, पर किसी दूसरे की मशीन का भाग नहीं बनेगा।

ऊंचे आदर्शों की ओर मनोभावों को उन्मुख करने से, उस समय की आकांक्षा करने से–जब हम स्वयं अपने मालिक होंगे, अपने किसी संकल्प, किसी निश्चित अपरिवर्तनीय दृढ़ निश्चय के मार्ग पर चल रहे होंगे–सब योग्यताओं और गुणों को मज़बूत और संगठित करने की प्रेरणा मिलती है। **यदि आप सदा आग्रहपूर्वक अपने मन में अपनी स्वतंत्रता की व्यक्तिगत घोषणा कायम रखें तो आपका भविष्य चाहे कुछ भी हो, पर आप अधिक सशक्त पुरुष या स्त्री हो जाएंगे।**

इसका अर्थ है आज़ादी, इसका अर्थ है भीतरी रुकावट से मुक्ति, एक ऐसी दासता की भावना से छुटकारा जो प्रत्येक अधीनता के पद के साथ लगी रहती है! मैं नहीं समझता कि जब कोई आदमी पूर्ण स्वतंत्रता के लिए संघर्ष करना छोड़ देते हैं या किसी ऐसे कारोबार या पेशे या किसी दूसरे काम में, जो पूरी तरह से आदमी का अपना है, जाने की आशा छोड़ देता है, तब वे पुरुषत्व के उस सशक्त रूप तक कैसे पहुंच सकता है।

यह सच है कि प्रत्येक व्यक्ति में इतनी मानसिक शक्ति, नेतृत्व के गुण, नैतिक दृढ़ता या अपने कारोबार को सफलतापूर्वक चला लेने और अपने पांव जमाए रखने के लिए आवश्यक जोश नहीं होता। ऐसे नौजवानों के भी अनेक उदाहरण हैं जिन पर आश्रितों का बोझ होता है और इसलिए वे स्वयं कारोबार शुरू करने का जोखिम उठाने की स्थिति में नहीं होते। परंतु अधिकतर लोग सिर्फ़ इस कारण दूसरों के अधीन काम करते हैं कि उनमें स्वयं अपनी ज़िम्मेदारी पर काम शुरू करने का जोखिम उठाने का साहस नहीं होता। उनमें अलग होने के साहस का अभाव होता है। संभावित असफलता का भय उन्हें रोके रखता है। इसके अलावा बहुत-से लोग छोटी उमर में कछ रोज़गार में लग जाते हैं। धीरे-धीरे बढ़ते हुए अच्छी तनख़्वाह पाने लगते हैं, और स्वतंत्र होने की आकांक्षा होने पर भी वे अपनी शक्तियों में अविश्वास के कारण और दूसरों की सलाह के कारण रुके रहते हैं। अंत में वर्षों तक वही काम करने की आदत इतनी पक्की हो जाती है कि उनके लिए अपने-आपको उस वातावरण से अलग करना बड़ा कठिन होता हैं।

दूसरी बात यह है कि बहुत-से लोग बहुत सारे अनिश्चित लाभ के मुकाबले थोड़े–से निश्चित लाभ को अच्छा समझते हैं। उनकी शरीर-रचना में संकट में पड़ने की प्रवृत्ति या जोखिम उठाने की इच्छा नहीं होती। वे बड़ी-बड़ी ज़िम्मेदारियां लेना नहीं चाहते। उन्हें अपने निजी कारोबार की बड़ी जोखिमों, ज़िम्मेदारियों और अनिश्चितताओं के मुकाबले में स्थिर रोज़गार और हर शनिवार की रात को अपनी तनख्ह्वाह के लिफ़ाफे में बंधी रकम की निश्चित प्राप्ति अधिक पसंद होती है।

संभव है, आप में आकांक्षा, ज़िम्मेदारी उठाने की अभिलाषा या प्रवृत्ति न हो। संभव है आप आराम की ज़िंदगी पसंद करते हों और यह चाहते हों कि देनदारी और कर्ज़ा चुकाने, बुरे समय, मंदे मौसम या आकस्मिक गिरावट के बारे में चिंता करने का काम कोई और करे। यदि आप अपने भीतर मौजूद महानतम सामर्थ्यों का प्रकाश करने की आशा करते हैं, यदि अपनी शक्तियों के अधिकतम प्रसार द्वारा आत्म-विश्वास करना आपना लक्ष्य है, तो आप किसी दूसरे का कार्यक्रम और उसके द्वारा दिए हुए विचारों का अनुसरण करने की कोशिश से ही पूरे-पूरे और सर्वांगीण रूप में अपनी आकांक्षा की पूर्ति कभी नहीं कर सकते।

अपना अधिकतम विकास करने के लिए पूर्ण स्वतंत्रता की भावना, (आंशिक के बजाय सर्वांगीण स्वतंत्रता की भावना) होनी आवश्यक है। हम अपने पुरुषत्व या स्त्रीत्व का पूर्ण विकसित रूप आज़ादी और पूर्ण स्वतंत्रता में ही पा सकते हैं, कैद या गुलामी में नहीं। चाहे वह कितना ही बड़ा और आरामदेह पिंजरा हो, पर बाज़ उससे निकलने पर ही अपनी पूरी शक्तियों का प्रदर्शन कर सकता है।

हमारी असलियत की परीक्षा ऊपरी शक्तियों से नहीं होती, बल्कि हमारी अंदर छिपी उन शक्तियों से होती है जो हमारी प्रकृतियों की गहराई में पड़ी हुई होती हैं। प्रत्येक मनुष्य में इन छिपी शक्तियों को बाहर निकालने का, संसार में कुछ बनने और करने का बल होता है, और जो ऐसा नहीं करता वह अपने पवित्र जन्मसिद्ध अधिकार का नाश करता है।

जो आदमी या औरत अपने भीतर अज्ञात सामर्थ्यों के महान विस्तार को बिना पहचाने जीवन बिता देता है, वह अपने विरुद्ध पाप करता है और यह सभ्यता के विरुद्ध अपराध की सीमा तक जा पहुंचता है।

अपने ऊपर विश्वास रखने से डरो मत। अपनी योग्यता में श्रद्धा रखो। नए मार्गों से विचार करो। यदि आप में कोई चीज़ है तो आत्म-विश्वास उसे बाहर खींच लाएगा।

आप जो कुछ भी करें, उसे करने में मनुष्योचित स्वतंत्रता की भावना का विकास करें, आपके काम से आपकी आत्मा की अभिव्यक्ति हो। मशीन की कील-मात्र मत बनो। दूसरे के लिए काम करते हुए भी अपना स्वतंत्र चिंतन करते रहो और जहां तक संभव हो, वहां तक अपने विचारों के अनुसार चलते रहो।

ज़बरदस्त उद्देश्य सामने रखो

जब पानी से भाप बनती है, तब पहले पानी को 212 डिगरी (फॉरनहाइट) तक गरम होना पड़ता है। 200 डिगरी से यह काम नहीं होगा और न 210 डिगरी से होगा। किसी इंजन को चलाने या गाड़ी को दौड़ाने के लायक भाप पैदा करने के लिए पहले इसे खौलाना होगा। कोसा पानी किसी चीज़ को नहीं चला सकता।

बहुत-से लोग अपने जीवन की गाड़ियां कोसे पानी से–या उस पानी से जो लगभग खौल रहा है, चलाने की कोशिश कर रहे हैं, और वे यह देखकर आश्चर्य कर रहे हैं कि वे गतिहीन क्यों खड़े हैं, वे आगे क्यों नहीं बढ़ सकते? वे 200 या 210 डिगरी की गर्मी से इंजन चलाने की कोशिश कर रहे हैं, और वे यह नहीं समझ पाते कि वे कहीं पहुंच क्यों नहीं रहे।

अपने काम के प्रति मामूली उत्साह का मनुष्य की सफलता से वही संबंध है जो कोसे पानी का इंजन के बायलर से। **कोई भी मनुष्य तब तक इस संसार में कोई बड़ा काम करने की कोई आशा नहीं कर सकता जब तक वह इस काम में अपनी संपूर्ण आत्मा, अपने सारे जीवन की शक्ति नहीं लगा देता।**

अपनी पूरी ताकत से कुछ बनने की कोशिश करो। कुछ बन जाने की सामान्य इच्छा-मात्र काफ़ी नहीं। इसे करने का केवल एक तरीका है और वह है अपनी सारी शक्ति संचित करके उससे कुछ बनने की कोशिश करना। किसी भी तरह का आदमी किसी चीज़ की इच्छा और अभिलाषा कर सकता है, पर उसे पूर्ण करने में महान उद्देश्य रखनेवाले ज़बरदस्त प्रचंड मन ही सफल हो पाते हैं।

चाहने और करने वालों में ज़मीन-आसमान का अंतर है, इच्छा मात्र कोसा पानी है, जो कभी गाड़ी को मंजिल पर नहीं पहुंचा सकती। **उद्देश्य खौलना चाहिए। उससे काम करने के लिए शक्तिशाली भाप बननी चाहिए।**

थियोडोर रूज़वेल्ट ने जो ज़िम्मेदारी उठाई थी, यदि वह उन्होंने अधमरे मन

से उठाई होती तो उनका नाम अपनी बस्ती के बाहर किसी ने न सुना होता। उनके जीवन का रहस्य यही है कि उन्होंने जो कुछ किया उसमें अपने सारे जीवन को–उसके एक अंश को नहीं–अपनी पूरी शक्ति और संकल्प के साथ झोंक दिया। ढिलमिल इरादा, अधमरे प्रयत्न, जोशहीन प्रयोजन उनके लिए निरर्थक थे।

प्रत्येक शक्तिशाली जीवन में एक बड़ा प्रधान प्रयोजन होना चाहिए जो और सब प्रेरक भावों से मुख्य हो, एक ऐसा सर्वोच्च तत्त्व हो जिसका आदेश तुरंत पहचाना जाए और उसे समझने में कोई भूल न हो। इसके बिना शक्ति का पानी कभी खौलाव-बिंदु पर नहीं पहुंचेगा–जीवन की गाड़ी किसी मंजिल पर न पहुंच सकेगी।

प्रबल प्रयोजनवाले आदमी में एक मूर्त, रचनात्मक सृजन करनेवाला बल होता है। ज़बरदस्त एकाग्रता के बिना कोई आदमी सूझ-बूझवाला, आविष्कार, मौलिक सृजनकर्ता नहीं हो सकता और मन की संपूर्ण एकाग्रता होना अपनी आकांक्षा और अपने जीवन के उद्देश्य के मार्ग पर चलने से ही संभव है। हम ऐसी चीज़ पर अपना मन केंद्रित नहीं कर सकते जिसके लिए हमारे मन में दिलचस्पी और उत्साह न हो।

मनुष्य को अपने जीवन-कार्य को उस दृष्टि से देखना चाहिए जिस दृष्टि से कलाकार अपनी उत्कृष्ट रचना को देखता है। वह उसे अपने सर्वोत्तम आत्मिक रूप के बाह्य निरूपण के रूप में देखता है। वह अनंत गर्व और संतोष से जो और किसी चीज़ में नहीं मिल सकता, उसमें डूबा रहता है। फिर भी न जाने क्यों लोगों का अपने पेशे के साथ इतना ढीला लगाव होता है कि वे उससे आसानी से अलग हो जाते हैं।

मैं ऐसे नौजवानों को जानता हूं जो अपने जीवन-कार्यों में आगे बढ़ने के लिए उत्सुक मालूम होते हैं, पर एक ही दिन में उन्हें अपना पेशा छोड़कर दूसरा काम करने के लिए प्रेरित किया जा सकता है। वे सदा यही सोचते रहते हैं कि हम सही स्थान पर हैं भी या नहीं, या हमारी योग्यता को सबसे अधिक महत्त्व कहां मिलेगा। जब बाधाओं से टकराते हैं, तब हिम्मत छोड़ देते हैं, या जब वे किसी आदमी के किसी दूसरे काम में सफल होने की बात सुनते हैं, तो हतोत्साहित हो जाते हैं और यह सोचते हैं कि क्या उसी काम में जाना अच्छा नहीं रहेगा? यदि किसी आदमी का अपने पेशे से इतना ढीला लगाव है कि इसे छोड़ देने के लिए उसे आसानी से प्रेरित किया जा सकता है तो निश्चय जानिए कि वह सही जगह पर नहीं है। यदि प्रकृति ने आपको कोई पद प्रदान किया है, यदि उसकी पुकार आपके ख़ून में मौजूद है तो वह आपके जीवन का भाग बन जाती है। और आप उससे बचकर अलग नहीं हो सके। यह आपसे पृथक् कोई चीज़ नहीं है। वह आपके मस्तिष्क और

आपकी स्नायुयों की प्रत्येक कोशिका में मौजूद है। प्रत्येक रक्त-कण में उसका कोई अंश है। आप उससे उसी तरह अलग नहीं हो सकते जैसे चीता अपने धब्बे से। इसलिए जब कोई नौजवान मुझसे पूछता है कि क्या आपकी राय में मेरे लिए पेशा बदल देना अच्छा नहीं होगा, तब मैं निश्चित रूप से यह अनुभव करता हूं कि वह उस कार्य में लगा हुआ नहीं है जिसके लिए भगवान ने उसे बनाया था, क्योंकि जिस कार्य के लिए उसे बनाया गया था, वह वैसे ही उसकी आत्मा का भाग है जैसे उसका स्वभाव। वह उसकी दिल की धड़कन और उसके सांस से भी अधिक उसके निकट है। उसके शरीर के प्रत्येक कोशिका में उस कार्य का चित्र है, जिसके लिए उसे बनाया गया था। वह उससे अलग नहीं हो सकता।

जो चीज़ जीवन को विशिष्ट बना देगी, जो जीवन को एक शक्ति बना देगी, वह वही सर्वोच्च चीज़ है जो हम करना चाहते हैं और जिसके बारे में हम यह महसूस करते हैं कि हमें यह अवश्य करनी चाहिए। इस ध्येय पर पहुंचने में हमें चाहे जितनी देर लगे या ग़लतियों अथवा बेकाबू परिस्थितियों के कारण हम कितने ही विचलित क्यों न हो जाएं, हमें अपने उद्देश्य की सिद्धि का प्रयत्न करने की आशा या दृढ़ संकल्प कभी नहीं छोड़ना चाहिए।

कुछ लोगों में अपनी आकांक्षाओं की बाधक वस्तुओं को दूर हटाने का नैतिक साहस, दृढ़ता और चरित्र-बल नहीं होता। वे अपने-आपको ऐसी चीज़ों में, जो उनके लिए उपयुक्त या रुचिकर नहीं, भटकने देते हैं। उनकी इच्छा–शक्ति इतनी प्रबल नहीं होती कि वे संघर्ष करते हुए अपने ध्येय तक पहुंच सकें। उनके चारों ओर मौजूद दबाव उन्हें अपने मार्ग से विचलित कर देते हैं, और वे ऐसे काम करते हैं, जो न उनकी रुचि के होते हैं और न उनके मनोनुकूल।

यदि दुनिया में कोई ऐसी चीज़ है कि जिसके लिए आदमी को लड़ना चाहिए, तो वह है अपने आदर्श की ओर जाने की आजादी; क्योंकि उसमें ही उसे आत्माभिव्यक्ति का, अपनी महानतम योग्यताओं का प्रकाश करने का सर्वोत्तम अवसर मिलेगा। इससे उसे अपने जीवन को बड़े से बड़े और पूर्ण से पूर्ण तरीके से वाणी देने का, अपने योग्यता के अनुसार संभव हो सकनेवाली अधिक से अधिक मौलिक और विशिष्ट कार्य करने का महान अवसर है।

यदि वह अपने आदर्श की प्राप्ति का यत्न नहीं करता, अपने सर्वोच्च लक्ष्य की सिद्धि नहीं करता, तो उसका जीवन बहुत कुछ असफल ही रहेगा, चाहे वह कितना ही कर्तव्य-भावना से प्रेरित हो या अपनी कमी को दूर करने के लिए वह अपनी इच्छा-शक्ति का कितना ही प्रयोग करे।

जिस संकल्प में कोई दुराव नहीं होता, उसमें बडी शक्ति होती है–एक प्रबल सतत लगनशील प्रयोजन होता है जो पीछे के सभी पुलों को जला देता है, अपने

रास्ते की सब बाधाएं हटा देता है और वह अंततः अपने लक्ष्य पर पहुंच ही जाता है, चाहे उसमें कितना ही समय लगे, चाहे उसमें कितना ही त्याग या खर्च क्यों न करना पड़े।

किसी महान निश्चित ध्येय की प्रेरणा मनुष्य के जीवन का रूप ही बदल देती है और आकांक्षाहीन निठल्ले आदमी को ऊपर से नीचे तक ऐसा बदल देती है जैसे उसमें कोई दिव्य शक्ति उतर आई हो–उसी तरह समझिए जैसे कभी-कभी प्रेम मैले-कुचैले निरुद्देश्य गंवार आदमी को स्वच्छ, व्यवस्थित और दिव्य पुरुष बना देता है।

जब किसी नए उद्देश्य, किसी दृढ़ ध्येय को जगानेवाली शक्ति मनुष्य में पैदा होती है, तब वह एक नया प्राणी बन जाता है। वह हर चीज़ नई रोशनी में देखता है। संदेह शंकाएं, उदासीनता और दूषित प्रलोभन, जो कल तक उसके कदम रोक रहे थे, वह जड़ता जिसने उसका पिछला जीवन व्यर्थ कर दिया, सबके सब मानो किसी जादू से लुप्त हो जाते हैं। वे एक नए उद्देश्य की हवा से उड़ जाते हैं। भद्देपन और अव्यवस्था की जगह सौंदर्य और व्यवस्था आ जाते हैं और अराजकता का स्थान अनुशासन ले लेता है। **उसके सोते हुए गुण जागकर क्रियाशील हो जाते हैं।** इस नई आकांक्षा का परिणाम उसी तरह स्वच्छता लाने वाला होता है जैसे किसी सड़ते हुए कीचड़ के स्थान से नाली बनाने पर होता है। ज्यों ही पानी चलना आरंभ हो गया, त्यों ही वह साफ़ होने लगता है। ज़हरीली झाड़ियों की जगह फूल पैदा हो जाते हैं और पहले के दूषित वातावरण को वनस्पतियां, सौंदर्य, पक्षी और गीत हर्षमय बना देते हैं।

रसायनशास्त्री बताते हैं कि जब किसी यौगिक को तोड़ा जाता है और एक परमाणु अन्य परमाणुओं के आकर्षण से मुक्त हो जाता है, तब उसमें नई ताकत आ जाती है, और वह तुरंत दूसरे स्वतंत्र परमाणु से मिलने का यत्न करता है; पर वह जितनी अधिक देर अकेला रहता है, उतना ही कमज़ोर हो जाता है। ऐसा मालूम होता है कि जब वह निकम्मा रहता है, तब वह अपनी बहुत-सी आकर्षण-शक्ति खो देता है।

जब परमाणु अपने साथी परमाणुओं के आकर्षण से पहले-पहले मुक्त होता है, तब वह 'नवजात' या 'नया उत्पन्न हुआ' कहलाता है। उस समय ही इसमें मिलने की सबसे अधिक शक्ति होती है और यदि मुक्त होने के तुरंत बाद इसे कोई स्वतंत्र परमाणु मिल जाए तो यह उससे बड़े प्रबल वेग से मिलता है। यदि वह दूसरे परमाणु से मिलने में देर कर देता है तो उसकी शक्ति निकल जाती मालूम होती है।

पुरानी देव-कथाओं में बताया जाता है कि बुद्धिमत्ता की देवी मिनर्वा बृहस्पति के मस्तिष्क से सर्वांग संपन्न, पूर्ण प्रौढ़ रूप में निकली थी। मनुष्य की ऊंची से

ऊंची धारणा, उसका अधिक से अधिक प्रभावकारी विचार, उसकी अधिक से अधिक नई सूझ-बूझ की बातें और महानता दृष्टियां सर्वांगीण रूप में अपनी प्रबल शक्ति के साथ आपसे-आप मस्तिष्क से निकल आती हैं। जो लोग अपनी आकांक्षाओं को टालते हैं, जो अपने विचारों को अमल में लाने में देर लगाते हैं जो अपने विचारों को बंद किए रखते हैं, ताकि उन्हें किसी सहूलियत के समय प्रयोग में लाया जा सके। वे सदा कमज़ोर लोग होते हैं। **ज़बरदस्त और प्रभावशाली लोग वे होते हैं जो अपने विचारों को उसी समय कार्यरूप में परिणत कर देते हैं जब वे प्रेरणा के उत्साह से भरे होते हैं।**

हमारे विचार, हमारी आकांक्षाएं हमारे संकल्प हमारे पास प्रतिदिन ताज़े आते हैं, क्योंकि यह उस दिन का ईश्वरीय कार्य है, कल का नहीं। दूसरी प्रेरणा और नए विचार कल आएंगे। आज हमें आज की प्रेरणा को सफल बनाना चाहिए।

कोई दिव्य दृश्य कलाकार के मन पर बिजली की भांति कौंध जाता है उस समय उसे यह सुविधा नहीं होती कि वह उस दृश्य का लोप होने से पहले ही अपना ब्रुश लेकर उसको स्थिर कर दे। वह उसे अपने मन में घुमाता-फिराता रहता है; वह उसकी आत्मा पर हावी हो जाता है। पर यदि वह अपने स्टूडियो में नहीं है; या उसे अपने दिव्य मानसिक दृश्य को चित्र-फलक पर अंकित करने की सुविधा नहीं है, तो धीरे-धीरे चित्र उसके मन से लुप्त हो जाता है।

कोई सशक्त प्रबल विचार लेखक के मस्तिष्क में क्षण–भर के लिए चमक जाता है। और उसमें अपनी कलम लेकर उस सुंदर बिंबों और मोहक विचार को तुरंत काग़ज़ पर उतार देने के लिए प्रायः अदम्य आवेग पैदा होता है, पर उस समय इस कार्य की सुविधा नहीं होती और वह उसको लिपिबद्ध करने का काम बाद के लिए टाल देता है, हालांकि उसके लिए प्रतीक्षा करना बहुत कठिन होता है। वे बिंब और विचार उसके मन में चक्कर काटते रहते हैं। पर यदि वह उन्हें फिर भी टालता जाता है, तो वे चित्र अधिकाधिक धुंधले होते जाते हैं और अंत में लुप्त होकर सदा के लिए नष्ट हो जाते हैं।

इन सबका एक कारण है। हमारे अंदर ये प्रबल सशक्त आवेग क्यों पैदा होते हैं? वे ऐसी तीव्रता और प्रबलता से, ऐसे सजीव और आकस्मिक रूप में हमारे मन में क्यों आते हैं? कारण यह है कि ईश्वरीय इच्छा यह है कि हम उनका ताज़े रहते हुए ही उपयोग कर लें, जोश मौजूद रहते हुए ही उन्हें अमली रूप दे दें। हमारे विचार और हमारे स्वप्न उन फलों की तरह हैं, जिन्हें ताज़ा ही खा लेना चाहिए और जो बासी होने पर जीवनशून्य हो जाते हैं। **किसी प्रबल संकल्प को बिना कार्य-रूप में लाए इस तरह उड़ जाने देने में कुछ ऐसी चीज़ है जिसका चरित्र पर गिरानेवाला प्रभाव पड़ता है। किसी योजना पर अमल करने से ही**

चरित्र दृढ़ होता है। बड़ा काम करने का इरादा तो कोई भी आदमी कर सकता है, पर उस इरादे को कार्यरूप में सशक्त दृढ़ चरित्र वाले लोग ही परिणत हैं।

यदि हम अपने उच्चतम क्षणों को स्थायी बना सकें तो हम जीवन में बहुत महान कार्य कर सकते हैं और बड़े शानदार आदमी बन सकते हैं! पर हम अपने इरादों को ठंडा हो जाने देते हैं। अपने चित्रों को उड़ जाने देते हैं और अधिक सुविधा के समय के लिए उन्हें टालकर सदा के लिए नष्ट कर देते हैं। अपने को अभिभूत करने या धोखा देने का इससे आसान तरीका नहीं कि आदमी यह सोचता रहे कि क्योंकि मैं सदा बड़े-बड़े इरादे करता रहता हूं, इसलिए मैं कोई करने योग्य काम कर रहा हूं, या उन पर अमल कर रहा हूं।

मैं एक आदमी को जानता हूं जो किसी के यह बताने पर अपने को अपमानित अनुभव करता था कि तुमने कठोर परिश्रम नहीं किया और जीवन में सफलता नहीं पाई। वह एक योग्य आदमी है, पर उसका सारा जीवन जल्दी-जल्दी एक काम छोड़कर दूसरे काम में कूदने में बीता, और उसमें मुश्किल से ही कोई परिवर्तन दिखाई देता है, परंतु आप जब कभी उसे देखेंगे, तभी सिर ऊंचा करके चलते हुए पाएंगे। वह इतना उत्साही और आशावादी है कि मानो उसका सारा जीवन एक विजेता की विजय–यात्रा रही हो। उसका उत्साह बहुत अधिक है, पर वह जितनी जल्दी आता है उतनी ही जल्दी उड़ भी जाता है। इस बात से ही कि वह सदा आकाश में रहता है और उन बड़ी चीज़ों के सपने देखता रहता है, जो वह करनेवाला है, उसे यह निश्चय हुआ प्रतीत होता है कि वह सचमुच उन्हें कर रहा है। पर वह किसी भी चीज़ पर इतने दिन नहीं टिकता कि सफल हो सके। उसका सारा जीवन बड़े अच्छे और उत्साहपूर्ण तरीके से काम शुरू करने में बीता है। न तो इतने सारे काम किसी और ने कभी शुरू किए होंगे और न इतने थोड़े काम कभी किसी ने पूरे किए होंगे।

टालने की आदत ज़बरदस्त आदमी के आगे बढ़ने के गुण को भी नष्ट कर देती है। बहुत अधिक सतर्कता और विश्वास का अभाव आगे बढ़ने में घातक दुश्मन है। जब कोई उद्देश्य हमें प्रेरणा देता है, जब उत्साह हमें आगे ले जाता है, तब कोई भी काम कर लेना कितना आसान है, और यही काम तब कितना कठिन हो जाता है जब हर चीज़ टलती-टलती घिसटती रहती है! इसमें बोझा ढोया जाता है और उसमें आनंद मिलता है।

ज्ञान की भूख होने और उसके लिए प्रयत्न करने से मनुष्य विद्वान बन जाता है। धर्म के भूख होने और उसके लिए प्रयत्न करने से मनुष्य संत बन जाता है। उदात्त कार्य की भूख होने से और प्रयत्न करने से आदमी वीर और मर्द

बनता है। **हम चारों ओर जो महान सफलताएं देखते हैं, वे सब एक प्रचंड आकांक्षा और एकाग्र प्रयत्न की पूर्ति-मात्र हैं।** हर आदमी अपने ध्येय की ओर उतना ही अधिक बढ़ता है, जितनी उसकी इच्छा में तीव्रता और इच्छा को पूरा करने के प्रयत्न में शक्ति होती है।

एक आदमी कोई काम करने की अभिलाषा या इच्छा रखता है, या यदि वह काम हो सके तो उसे खुशी होगी। दूसरा आदमी बिलकुल पूरी तरह जानता है कि उसने जो बात ठान ली, वह यदि इंसान की शक्ति-सीमा के भीतर है तो उसे करके ही छोड़ेगा। हम उसे शिकायत करते नहीं सुनते, क्योंकि कोई उसे अपने पास से ख़र्चा देकर कालिज नहीं भेजेगा। वह यह नहीं कहता–"मैं चाहता हूं कि मैं कालिज जा सकूं।" वह कहता है–"मैं अपने-आपको जीवन-कार्य के लिए तैयार करने जा रहा हूं, मुझे अपने भविष्य में विश्वास है। मैंने स्वयं अपने से सफल होने का प्रण किया है, और मैं एक विस्तृत योजना पर चलकर सफलता प्राप्त करूंगा। मैं अधूरी तैयारी से चलना शुरू नहीं करूंगा, मैं कालिज की शिक्षा प्राप्त करके रहूंगा।"

जब आप कोई ऐसा लड़का देखें जो अपने मन में यह संकल्प कर लेता है कि जो मैंने ठान लिया है, वह करके छोड़ना है, और इसमें कोई 'अगर मगर' या 'और' नहीं हो सकते, तब आप निश्चित समझिए कि वह विजेता की धातु का बना है। वह अपनी आकांक्षा की पूर्ति को इतना नहीं टालेगा कि उसका समय ही निकल जाए, उसका गौरव ही लुप्त हो जाए, वह अपनी आकांक्षा को मूर्त करने के लिए अपनी सारी शक्ति लगाने में ज़रा भी समय नहीं खोएगा; और यदि वह हो सकनेवाली चीज़ है तो वह सफलता पाएगा।

व्यवसाय का चुनाव

अभी एक चिट्ठी आई है जिसमें ये वाक्य लिखे हैं–"आपके फरवरी के संपादकीय लेख में निम्नलिखित पैरे ने मुझ पर ज़बर्दस्त असर डाला है : 'झूठी या सस्ती, बेकार नकली चीज़ें बेचने और ख़रीदने में जीवन गुज़ारना उच्चता के हर अंश को गिरानेवाला है, हर तरह की महानता को नष्ट करनेवाला है।' मैं नकली चीज़ों का कारोबार कर रहा हूं और इससे इतनी गहरी नफरत करता हूं कि दूसरों के हितों को बिना हानि पहुंचाए जल्दी इससे निकल भागना चाहता हूं।"

यह नौजवान, जो दस हज़ार वार्षिक से अधिक तनख़्वाह पाता है, लिखता है कि मुझसे ग़रीब लोगों के भोलेपन का लाभ उठाकर माल बेचने की आशा की जाती है। वह आगे लिखता है :

"मुझे पैसे की तो ज़रूरत है, पर मैं इस तरह के काम में आनंद नहीं अनुभव कर सकता, और न मैं उन योजनाओं के बारे में, जिन्हें मैं जानता हूं कि वे झूठी हैं, विश्वास या आकांक्षा के साथ लिख ही सकता है। इसके अतिरिक्त, मुझे उसी चीज़ का भय है जिस चीज़ का संकेत आपने अपने संपादकीय लेख में किया है, अर्थात् अपने काम की तरह की अपने-आपको घटिया बना लेने का। मुझे ढोंग से सबसे अधिक चिढ़ है, और मैं इस तरह की बुनियाद पर खड़े किसी भी कारोबार में सर्वोत्तम तरीके से काम नहीं कर सकता। मैं ऐसे रोज़गार में नहीं रहना चाहता जो नकली चीज़ें बनाने में सबसे अधिक कुशल लोगों को सबसे बड़ी तनख़्वाहें देता है।"

एक सशक्त प्रतिभाशाली होनहार नौजवान को, जो किसी ऊंचे पद पर कार्य करने में समर्थ है, अपना और अपने परिवार का पालन-पोषण एक ऐसे रोजगार से करते देखकर दया आती है जो उसकी पसंद का नहीं है, जो उसके आदर्शों को नीचे गिराता है, जो उसकी प्रकृति को छोटा कर रहा है, जो अपने-आपसे नफरत पैदा

कर रहा है, जो उसके अपने सर्वोत्तम और उच्च गुणों का गला घोंट रहा है और जो निरंतर उसे लांछित कर रहा है, और उसे तथा उसके परिवार को जीवन के सर्वोत्कृष्ट और सबसे सच्चे रूप से दूर कर रहा है।

अनेक बार मैंने एक नौजवान को यह कहते सुना–"मैं जिस कारोबार में हूं, वह मुझे पसंद नहीं। इसका मुझ पर बुरा असर पड़ता है। इसमें बरते जानेवाले तरीके और धोखे को मैं उचित नहीं समझता। मुझे अपने दोस्तों को यह बतलाते हुए शर्म आती है कि मैं क्या काम करता हूं, और मैं इसके बारे में खुलेआम कम से कम ही कहता हूं। मैं जानता हूं कि मुझे कारोबार बदल लेना चाहिए, पर मैं एक यही कारोबार जानता हूं जिसमें मैं अपनी बाहरी टीम-टाम बनाए रखने लायक रुपया कमा सकता हूं। क्योंकि मुझे अच्छी तनख़्वाह मिल रही है और मैंने रहन-सहन की ख़र्चीली आदतें डाल ली हैं, इसलिए मुझमें परिवर्तन का जोखिम उठाने लायक चरित्र-बल भी नहीं है।"

यह सोचकर अपने आपको धोखा मत दो कि आक्षेप योग्य काम किसी न किसी को तो करना ही है, और इसलिए इसे आप भी कर सकते हैं। यदि दूसरे लोग इसे करना चाहें तो उन्हें करने दो। तुम्हारे लिए इससे अच्छे काम करने के लिए मौजूद हैं। विधाता ने तुम्हें यह गारंटी दी है, जो तुम्हारे ख़ून और मस्तिष्क की कोशिकाओं पर लिखी है कि यदि तुम अपने-आपको शुद्ध रखो और वह काम करो जो उसने तुम्हारी शारीरिक रचना में निर्दिष्ट कर दिया है, तो तुम पुरुष बनोगे, सफलता पाओगे और सच्चे महान पुरुषों की श्रेणी में गिने जाओगे। पर यदि तुमने उस आदेश की परवाह न की तो तुम असफल रहोगे। आप बड़ी तनख़्वाह पा सकते हैं, पर केवल यह सफलता नहीं है। अगर सर्वशक्तिमान रुपया आपके सारे जीवन को गंदला कर रहा है, अगर रुपया कमाना आपका एकमात्र अटल उद्देश्य हो गया है, तो आप असफल हो चुके हैं, चाहे आपने कितनी ही दौलत क्यों न जोड़ ली हो। अगर आपके धन में भोले-भाले लोगों के ख़ून की गंध है, यदि उसमें कोई अपवित्र रुपया है, यदि उसमें लालच की छाया है, यदि ईर्ष्या और लोभ ने उसके संचय में मदद दी है, यदि इसमें दूसरों के अधिकारों का हनन हुआ है, यदि तुम्हारे शेयरों और स्टाकों पर असम्मान के कलंक का धब्बा लगा हुआ है, या यदि कोई दूषित चरित्र तुम्हारे संचय में दिखाई दे रहा है, तो अपनी सफलता की शेखी न बघारो, क्योंकि तुम असफल हो रहे हो। **अपवित्र कार्य से धन कमाना बुरा रोज़गार है, चाहे हम उसकी कितनी ही सफाई क्यों न देते रहें।**

तुम्हारे अंदर हज़ारों ऐसे संकेत हैं कि विधाता ने तुम्हें ग़लत काम के लिए नहीं बनाया, बल्कि केवल सही काम के लिए बनाया है। **सही काम करो और सारी प्रकृति, सारा क़ानून और सारा विज्ञान तुम्हारी मदद करेगा, क्योंकि**

सत्यता एवं सरलता की सिद्धि ही विश्व की उद्दिष्ट योजना है। यही वस्तुओं की प्रकृति है। इसे उल्टा कर दो तो ये सब बल तुम्हें पराजित करने के लिए कमर कस लेंगे।

जिन नौजवानों ने सलाह के लिए मुझे पत्र लिखे हैं, उनसे मुझे यही कहना है कि यदि आप अपनी नापसंदगी वाला काम कर रहे हैं, जिसमें आपका पूरा दिल नहीं लगता था, जिसमें आप अपनी सारी आत्मा को नहीं डुबा सकते–क्योंकि आपको यह डर है कि यह पूरी तरह सही काम नहीं–यदि आप केवल इच्छा-शक्ति से अपने-आपको मजबूर करके धन कमा रहे हैं, तो आप उस रोज़गार में हज़ार गुना अच्छे रहेंगे जो आपको पूरी तरह पसंद है। **यदि आप अपनी योग्यता को बुरे काम में लगाने से इनकार कर दें, चाहे उससे कुछ भी पुरस्कार मिल रहा हो, तो इससे आप अपनी सफलता की शक्ति हज़ार गुना बढ़ा लेंगे।**

आप साहस करके एक आक्षेप योग्य स्थिति से अलग हो सकते हैं, और परिणामों की परवाह न करके सत्य के पक्ष में खड़े हो सकते हैं, इस बात से ही आपको बड़ी सहायता मिलेगी, पहले से अधिक आत्म-सम्मान, पहले से अधिक आत्म-विश्वास और विजय की भावना से उत्पन्न दृढ़ताकारक प्रभाव से आप में पराजित के बजाय विजेता की शान आ जाएगी। दृढ़ निश्चय से दृढ़ता के साथ और प्रबल शक्ति के साथ सत्य के पक्ष में खड़े हो जाने से आदमी कभी कुछ नहीं खोता।

तुम्हारे अंदर एक कंपास या दिशासूचक यंत्र है जिसकी सुई इतने अधिक निश्चित रूप से सत्य-पक्ष की ओर संकेत करती है जितने निश्चित रूप से नाविक की सुई भी ध्रुव तारे की ओर संकेत नहीं करती। यदि तुम इसका अनुसरण नहीं करते तो तुम्हें हर समय चट्टानों से टकराकर चूर-चूर हो जाने का डर लगा रहेगा। **तुम्हारा अंतःकरण तुम्हारा कंपास है जो जीवन के महासागर पर पहली बार उतारते समय तुम्हें दिया गया था। एक यही पथ-प्रदर्शक तुम्हें निश्चित और सुरक्षित रूप में सच्ची सफलता के बंदरगाह तक पहुंचा सकता है।**

अगर कोई नाविक कंपास के संकेत के अनुसार जहाज़ चलाने से इनकार कर दे और यह कहे कि यह सब बिलकुल बकवास है कि इसकी सुई सदा उत्तर की ओर मुंह रखेगी; और सुई को किसी और दिशा में घुमाकर वहीं स्थिर कर दे और फिर इसके अनुसार जहाज़ चलाए तो क्या होगा?–वह सुरक्षित बंदरगाह पर नहीं पहुंचेगा। सुई को उसकी स्वाभाविक दिशा से हटाने के लिए केवल ज़रा-सा बल चाहिए; आपके अंतःकरण का कंपास लालच या तात्कालिक लाभ के बल से प्रभावित नहीं होना चाहिए। आपको इसे कभी बांधना नहीं चाहिए। आपको इसे मुक्त रखना चाहिए। **जो मनुष्य अपने अंतःकरण की सुई से छेड़छाड़ करता**

है, जो उसे उसके स्वाभाविक प्रेम की चीज़ से परे खींचता है, और जो अपने-आपको यह विश्वास कराने की कोशिश करता है कि सत्य के और मानदंड भी हैं, उसके चरित्र के ध्रुव तारे के समान विश्वसनीय अन्य तारे भी हैं, और किसी आक्षेप योग्य कारोबार में उनका अनुकरण करना चाहता है, तो वह मूर्ख भ्रम में पड़ा हुआ है और विनाश को निमंत्रण दे रहा है।

अनेक बार मैं ऐसे नौजवानों से मिलता हूं जो अपना धंधा नहीं बताना चाहते हैं। वे अपने रोज़गार पर शर्मिंदा मालूम होते हैं। कुछ समय पहले एक नौजवान ने बड़ी अनिच्छा से मुझे बताया कि मैं एक बड़े शराबघर में शराब बेचता हूं। मैंने उससे पूछा कि तुम कितने साल से वहां हो, तो उसने बताया कि छः साल से। उसने कहा कि मुझे इस काम से नफ़रत है, यह इंसान को गिराने वाला है, लेकिन मुझे इससे अच्छी कमाई हो रही है और जैसे ही मेरे पास इतनी काफ़ी रकम जमा हो जाएगी कि मैं इस काम को छोड़कर जा सकूं, वैसे ही मैं इस काम को छोड़कर दूसरा काम कर लूंगा। असल में यह नौजवान इस विचार से अपने-आपको वर्षों से धोखा दे रहा था कि मेरा काम अच्छा चल रहा है और मैं इस रोज़गार को जल्दी ही छोड़ दूं।

जो काम अंत:करण के विरोध के बाद भी किया जाता है, वह हमारी सारी प्रकृति को गिरानेवाला होता है। जिस चीज़ का हम आदर नहीं कर सकते, उसके साथ आदर्श का सामंजस्य करने की कोशिश सारी वृद्धि के लिए घातक होती है। इसीलिए जब लोग अनुचित धंधे में लगे होते हैं, तब वे फैलने के बजाय सिकुड़ते हैं। जब मनुष्य का एक बड़ा भाग उसके काम का विरोध करने में लगा हो, तब वह मनुष्य बढ़ता नहीं। स्वेच्छा से भरती हुआ आदमी ज़बरदस्ती भरती किए गए आदमी की अपेक्षा अधिक अच्छा सैनिक होता है।

बहुत-से नौजवान अपने कार्य को उचित ठहराने की कोशिश करते हैं और भीतर के विरोध को रोकते हुए अपने मन को सदा यह समझाते रहते हैं कि फिलहाल आक्षेप-योग्य पेशे में बने रहना अधिक अच्छा है, क्योंकि धन के रूप में होनेवाली बड़ी आय उन्हें बाद में अच्छे पेशों में जाने में समर्थ बना देगी। यह अंत:करण को तब तक चुप रखने के लिए एक प्रकार की रोग दबानेवाली दवाई है, जब तक आपको उसकी सही बात सुनने की सहूलियत न हो।

इस आशा से अपने-आपको धोखा मत दो कि बेईमानी के धंधे में तुम ईमानदारी से पैसा कमा सकते हो। यह सोचकर भी अपने-आपको धोखा न दो कि किसी बुरे व्यापार को तुम ऊंचा उठा सकते हो या उसे आदर-योग्य बना सकते हो। इस प्रकार अनेक आदमी विनाश के गड्ढे में गिरे हैं, कुछ धंधे इतने नैतिकता नष्ट करनेवाले और क्रूर तथा कठोर बनानेवाले हैं कि उन्हें कोई बड़े से बड़ा आदमी भी

आदर-योग्य नहीं बना सकता। जो कुछ तुम कर रहे हो, यदि वह बुरा है तो उसे बंद कर दो, उससे वास्ता मत रखो। यदि तुम्हें संदेह या आशंका है कि तुम अपने अंत:करण को मरोड़ रहे हो, तो संदेह का लाभ अपने-आपको दो। इसकी जोखिम मत उठाओ। बहुत देर होने से पहले ही इसे छोड़ दो।

बुरे कारोबार से बहुत दिनों तक जुड़े रहने पर वह आपको अच्छा लगने लगेगा। यदि वह बहुत लाभदायक है तो अंत में वह आपके संदेहों को दबा देगा और आपके नैतिक गुणों को भी नष्ट कर देगा। इससे आप यह अनुभव करने लगेंगे कि इसमें लगे रहना कम से कम तब तक उचित है जब तक किसी और काम के लिए पूंजी जमा न हो जाए। इसके अतिरिक्त **आदर का एक नियम यह है कि कोई काम जितनी बार दोहराया जाता है, उतनी ही अधिक बार उनका दोहराया जाना निश्चित हो जाता है और इस तरह काम करनेवाला जल्दी ही आदत का गुलाम बन जाता है।** आपकी कमज़ोर पड़ी इच्छा-शक्ति के विरोध के बावजूद स्नायु आदत के कारण उन कार्यों को तब भी दोहराते चले जाते हैं जब आप उनसे नफरत करते है। शुरू में जो चीज़ आप अनमने ढंग से चुनते हैं, वह अंत में आपकी मजबूरी बन जाती है। आप अपने कामों के साथ इस तरह सदा के लिए जकड़ जाते हैं, जैसे परमाणु गुरुत्वाकर्षण से जकड़े होते हैं।

इसलिए, मेरे दोस्तो! जब आप किसी ऐसे धंधे में लगने की बात सोच रहे हो,जो कुछ आक्षेप–योग्य है और जिसे आपके अंतःकरण की सहमति नहीं मिलती, तब आदत की इस ज़बरदस्त जमे रहने की शक्ति को मत भूलिए, जो उस समय आपको पकड़कर राक्षस की तरह पुराने लीक में धकेल देगी जब आप अपने-आपको बदलना चाहते होंगे।

आपको ऐसा धंधा चुनने का कोई अधिकार नहीं जो आपके अवगुणों का–झूठ बोलने, चालाकी खेलने, दूसरों को गिराने, षड्यंत्र करने, धूर्तता करने और अंदर ही अंदर नुकसान पहुंचाने के अवगुणों का–उन अवगुणों का जो केवल ले लेना और छीन लेना चाहते हैं और कभी देना नहीं चाहते–उपयोग करता है जिससे आपके हृदय की सारी उच्चता सिकुड़कर नष्ट हो जाती है।

यदि आप पहले ही ग़लत चुनाव कर चुके हैं, तो भी ऐसे पेशे में आपको नहीं रहना चाहिए जिसके लिए आपका मन पूरी गवाही न देता हो, या जिसमें आपको शर्मिंदगी महसूस होती हो। और जिसमें आपको प्रतिदिन ग्राहकों को अनुचित ढंग से प्रभावित करने के लिए झूठी और धोखे-भरी बातें करनी पड़ती हों उन्हें मीठे तरीके और झूठे वचनों से वह काम करने के लिए प्रेरणा देनी पड़ती है जो आप जानते हैं कि उनके लिए लाभदायक नहीं, और जिसके लिए आप अपने-आपको

बुरा-भला कहेंगे, और इस प्रकार आपको अपने अंत:करण को खींचना-तानना पड़ता है।

जब संसार में इतने सारे ईमानदारी के साथ करने के लिए आदर-योग्य पेशे हैं जो आपकी योग्यता और आपके गुणों को खोज रहे हैं, तब आपको एक घृणित पेशे में जाकर अपने पौरुष को कलंकित और योग्यता को विकृत क्यों करना चाहिए?

आप कहते हैं कि आपके लिए बदलना मुश्किल है। निस्संदेह ईमानदार बनने की खातिर नीरस परिश्रम में घिसटते रहना कठिन है जबकि आपके सब परिचित लोग दिन दूनी रात चौगुनी दौलत बढ़ा रहे हैं। निस्संदेह जब आक्षेप-योग्य तरीके-झूठ, षड्यंत्र और धोखा–इतने आम व्यवहार में आ रहे हैं, तब उनके सामने घुटने टेक देने से इनकार करने के लिए साहस चाहिए। निस्संदेह जब थोड़े-से धोखे या सत्य से थोड़ा-सा हट जाने से कोई बड़ा अस्थायी लाभ होता हो, तो ठीक-ठाक एवं सत्य कहने के लिए हिम्मत चाहिए। निस्संदेह जब रिश्वत को थोड़ी ऊपरी लीपा-पोती से ढका जा सकता हो, तब उसे लेने से इनकार कर देने के लिए हौसले की ज़रूरत है।

जब प्रभावशाली लोगों के आगे सिर झुकाने से आपको भीतरी जानकारी मिल सकती है, जिसके कारण आप सफल हो सकते हैं, जबकि आपको पता है कि दूसरों को असफल रहना पड़ेगा, तब गरदन सीधी रखना निस्संदेह हिम्मत का काम है। **निस्संदेह यह संकल्प कर लेना हिम्मत का काम है कि हम बेईमानी, झूठ और धोखे का पैसा–इंसान के आंसुओं से भीगा हआ पैसा, या ऐसा पैसा जिसने किसी भोले ग़रीब आदमी को और भी अधिक ग़रीब बनाया है, या दूसरे के दिल में संजोई हुई योजनाओं को बेकार किया है, या उसे आकांक्षा या शिक्षा से वंचित किया है–कभी अपनी जेब में नहीं रखेंगे। पर इसके लिए ही तो चरित्र होता है! पौरुष का यही तो अर्थ है।** इसीके लिए तो हमें दृढ़ता और चरित्र-बल दिए गए थे ताकि हम सत्य के पक्ष में खड़े हों और ग़लत पक्ष का विरोध करें, चाहे उसका परिणाम कुछ भी हो।

ज़रूरत पड़े तो फटे कपड़े पहनो, लाचारी हो तो दिन में एक बार भोजन करो, और नंगे फर्शों और नंगी दीवारों वाले मकान में रहो, पर किसी भी हालत में अपने पौरुष का नाश करने के लिए या कोई बेईमानी का काम करने के लिए तैयार मत होओ। खाइयां खोदो, बोझा उठाओ रेलवे पर मजदूरी का काम करो, कोयला झोंको–कुछ भी करो; वह उससे अच्छा है जिसमें तुम अपने आत्म–सम्मान की कुर्बानी करो, अपनी सही और ग़लत से प्रभावित होने की शक्ति नष्ट कर लो, और अपने-आपको जीवन के सच्चे आनंद से और उस सम्मान से सदा के लिए दूर कर

लो जो केवल इस चेतना से पैदा होती है कि आपने अपने लिए संभव उच्चतम आदर्श पर पहुंचने की कोशिश की है।

वह रोजगार मत चुनो जिसमें सबसे अधिक पैसा है, सबसे अधिक भौतिक लाभ की आशा है, यश या अपयश है; बल्कि वह पेशा चुनो जो तुम्हारे पौरुष को जगाकर क्रियाशील बनाए और जो तुम्हारी अधिकतम शक्ति और पौरुष के सौंदर्य तथा व्यक्तिगत उच्चता को विकसित करे। पौरुष दौलत से भी बड़ा है, और यश से भी अधिक भव्य है। व्यक्तिगत उच्चता किसी भी पेशे से प्राप्त होनेवाले आर्थिक लाभ से अधिक बड़ी चीज़ है।

कोई आदर्श बनाओ

किसी भी मनुष्य के बारे में, चाहे उसने कितनी भी सफलता पाई हो, सबसे बड़ी बात यही कही जा सकती है कि उसने अपना रिकार्ड साफ़ रखा है।

क्या कारण है कि समय बीतते जाने के बावजूद लिंकन की ख्याति फैलती ही जाती और प्रतिवर्ष उसका चरित्र संसार के लिए और अधिक महत्त्वपूर्ण होता जाता है। इसका कारण यह है कि उसने अपना रिकार्ड साफ़ रखा–उसने न कभी अपनी योग्यता का दुरुपयोग किया और न कभी अपनी ख्याति को कलंकित करनेवाला कोई काम किया।

सारे इतिहास में किस आदमी का ऐसा उदाहरण है जो केवल धनी था–चाहे उसके पास कितनी ही दौलत रही हो–जिसने अच्छाई के पक्ष में ऐसी शक्ति लगाई हो जो सभ्यता को आगे बढ़ाने में इतना सजीव बल बना जितना कि जंगल में रहनेवाला यह ग़रीब लड़का।

जैसे ही यह पता चलता है कि किसी आदमी का कुछ आदर्श है, वह बिकनेवाला नहीं है, वह नौकरी या कितना भी धन या शक्ति या पद पाने के लिए अपने पौरुष को कुर्बान नहीं करेगा और वह किसी ऐसे काम में सहयोग नहीं देगा जिसका वह समर्थन नहीं कर सकता, वैसे ही वह मनुष्य महत्त्वपूर्ण और शक्तिशाली हो जाता है।

आज बहुत–से लोगों के साथ मुसीबत यह है कि अपने पेशे से बाहर उनका और कहीं कोई आदर्श नहीं है। वे सुशिक्षित होंगे, अपने विषय में विशेषज्ञ होंगे, पर उन पर भरोसा नहीं किया जा सकता। उनमें कोई ऐसी कमी है जो उनके गुण की उपयोगिता नष्ट कर देती है। वे काफ़ी ईमानदार हो सकते हैं, पर आप उन पर भरोसा नहीं कर सकते।

ऐसा वकील या डाक्टर ढूंढ़ लेना कुछ कठिन नहीं, जिसे काफ़ी जानकारी हो

और जो अपने पेशे में प्रमुख हो, पर ऐसा आदमी ढूंढ़ लेना आसान नहीं जो वकील या डाक्टर होने से भी पहले इंसान हो, जिसका नाम स्वच्छ, विश्वसनीय, ठोस और सारयुक्त चीज़ का पर्यायवाची हो। अच्छा उपदेशक ढूंढ लेना कठिन नहीं, पर कोई ऐसा सच्चा आदमी ढूंढ़ लेना उतना आसान नहीं जिसमें मानवता के गुण भरे हों, जो सारे उपदेशों का प्राण है–संसार को उन आदमियों की ज़रूरत है जिनकी विशेषज्ञता के पीछे कोई सिद्धांत हो। उनके कानून, उनकी चिकित्सा, उनके कारोबार के मूल में कोई सिद्धांत हो–ऐसे आदमी जो अपने दफ्तरों या दुकानों से बाहर किसी आदर्श के सूचक हैं, जो अपनी बस्ती में किसी आदर्श के लिए विख्यात हैं, जिनकी उपस्थिति-मात्र महत्त्वपूर्ण है।

चुस्त-चालाक आदमी हमें हर जगह दिखाई देते हैं, पर उनके मुकाबले ऐसा आदमी ढूंढ़ पाना कितना कठिन है, जिसका रिकार्ड साफ़ है, जो सत्यमार्ग से विचलित नहीं होगा, जो किसी आक्षेप-योग्य सौदे में पड़ने के बजाय असफल हो जाना पसंद करेगा।

हम हर जगह व्यापारियों को अपने ही मार्ग में धोखे और बेईमानी की रुकावटें लगाते हुए और स्वयं अपने पांव बांधते हुए देखते हैं, क्योंकि दूसरे को धोखा देने की कोशिश करके वे यही काम कर रहे हैं।

हम लखपतियों को आतंक से भरा हुआ और इस डर से कांपता हुआ देखते हैं कि जांच–पड़ताल से उनकी ऐसी बातों का भंडाफोड़ हो जाएगा जिनसे वे जनता की नज़रों में गिर जाएंगे। हम उन्हें कानून के आगे चाबुक खाए घोड़े की तरह विनम्र और ऐसे किसी भी सहारे को खोजता हुआ देखते हैं जो उन्हें जनता की नज़र में गिरने से बचा सके।

कैसी भयंकर बात है कि ये लोग जनता की नज़रों में अच्छे बने रहते हैं, धनी और शक्तिशाली होने पर सम्मानित और ईमानदार समझे जाने पर गर्व करते हैं; फिर भी इन्हें हर समय यह ध्यान रहता है कि हम वह नहीं हैं जो दुनिया हमें समझती है। वे सदा अपना भेद खुल जाने के डर से आतंकित रहते हैं और इस बात से डरते रहते हैं कि कहीं कोई ऐसी बात न हो जाए जिससे हमारे कामों पर पड़ा परदा हट जाए और हमारा सच्चा रूप दिखाई देने लगे। पर उस आदमी को गंभीर हानि पहुंचानेवाली कोई बात हो नहीं सकती, जो दुनिया में सचाई और ईमानदारी से रहता है, जिसके पास अपने साथ के लोगों से ढंकने या छिपाने की कोई चीज़ नहीं है, जो पारदर्शक स्वच्छ जीवन बिताता है, जिसे कभी किसी भंडाफोड़ का डर नहीं होता। अगर उसकी सारी भौतिक संपत्ति नष्ट हो जाए तो वह जानता है कि उसके देशवासियों के हृदय में, लोगों के प्रेम और प्रशंसा में उसका एक स्थायी स्थान है

और उसके सच्चे रूप को बिगाड़नेवाली कोई बात नहीं होती, क्योंकि उसने अपना रिकार्ड सदा साफ़ रखा है।

श्री रूज़वेल्ट ने शुरू में ही यह संकल्प कर लिया था कि चाहे कुछ भी हो, चाहे मैं अपने काम में सफलता पाऊं या असफलता, चाहे मेरे दोस्त बढ़ें या दुश्मन, पर मैं अपनी ख्याति को खतरे में नहीं डालूंगा। उससे पहले मैं अपना और सब कुछ नष्ट हो जाने दूंगा, मैं कभी अपने यश को दांव पर नहीं लगाऊंगा और मैं अपना रिकार्ड साफ़ रखूंगा। उसकी पहली आकांक्षा यह थी कि मैं अपने आदर्श पर जमा रहूं, और मनुष्य बनूं। राजनीतिज्ञ या कुछ और बनने से पहले मनुष्य बनना अधिक महत्त्वपूर्ण है।

अपने आरंभिक जीवन में उसे धूर्त, चलते–पुर्ज़े, बेईमान राजनीतिक नेताओं के साथ मिलकर बहुत-सा रुपया कमाने के लिए कई अवसर मिले। राजनीतिक बेईमानी के लिए उसके सामने सब तरह के मौके आए, पर बेईमानी उसे कभी अपनी ओर नहीं खींच सकी। उसने किसी भी राजनीतिक धूर्तता में पड़ने से इनकार कर दिया। उसने कोई भी पद पाने की खातिर बुरा काम करने के बजाय उस पद को खो देना और उस पर किसी और को आ जाने देना पसंद किया। उसने ऐसे किसी रुपए, पद या तरक्की को हाथ नहीं लगाया जो निष्कलंक और ईमानदारी के उपायों से प्राप्त न होता हो। जिन राजनीतिज्ञों का उससे विरोध था, वे जानते थे कि उसे रिश्वत देने या समर्थन, धन, पद या शक्ति के वायदे से प्रभावित करने की कोशिश बेकार होगी। स्वयं रूज़वेल्ट ख़ूब अच्छी तरह जानते थे कि मैं अनेक ग़लतियां करूंगा और बहुत-से दुश्मन बनाऊंगा; पर उन्होंने अपना व्यवहार ऐसा बनाए रखने का संकल्प कर लिया, कि उनके शत्रु भी कम से कम उनकी उद्देश्य की ईमानदारी के लिए उनके सीधे और ईमानदारी युक्त तरीकों के लिए उनका आदर करें। उन्होंने हर सूरत में अपना रिकार्ड साफ़ रखने का, अपना नाम निष्कलंक रखने का दृढ़ संकल्प कर लिया था। उन्हें इसके सामने और सब चीज़ें महत्त्वहीन लगती थीं।

आज के ज़माने में दुनिया को श्री रूज़वेल्ट जैसे आदमियों की आवश्यकता है, जो सत्य के मार्ग पर दृढ़ता से चलते हैं, जो जनता की कृपा के भूखे नहीं होते, जो कर्तव्य और सत्य को अपना लक्ष्य बनाते हैं और सीधे उसकी ओर बढ़ते जाते हैं, न दाएं देखते हैं, न बाएं, चाहे स्वर्ग का प्रलोभन ही उनके सामने क्यों न मौजूद हो।

कौन यह हिसाब लगा सकता है कि अमरीकन राजनीति को शुद्ध और ऊंचा करने में उसका कितना असर पड़ा है? उसने राष्ट्र नेताओं और राजनीतिज्ञों का दृष्टिकोण ही बदल दिया। उसने उन्हें एक नया अच्छा रास्ता बताया। उन्हें

राजनीतिक कमाई और स्वार्थपूर्ण लालच के पुराने तरीकों के लिए शर्मिंदा कर दिया। उसने एक नया आदर्श कायम किया। उसने उन्हें यह दिखलाया कि अपने देश की निःस्वार्थ सेवा अपने-आपको आगे बढ़ाने की आकांक्षा से कहीं अधिक ऊंची चीज़ होती है। इस महान अमरीकन के उदाहरण के कारण आज अमरीकी देश-प्रेम का अर्थ ऊंचा हो गया है। उसके प्रभाव के कारण अनेक तरुण राजनीतिज्ञों और राष्ट्र नेताओं ने अधिक ईमानदारी के तरीके और अधिक ऊंचे उद्देश्य अपना लिए। इसमें कोई संदेह नहीं कि इस देश के लाखों नौजवानों में इस कारण अधिक ईमानदार और अच्छे नागरिक बनने की इच्छा हुई, क्योंकि उनके सामने एक ऐसा आदमी था जो सदा ईमानदारी के आदर्श पर, नैतिक सदाचार पर, अमरीकन पौरुष के आदर्श पर कायम रहा।

प्रत्येक आदमी को यह महसूस करना चाहिए कि मुझमें एक ऐसी दृढ़ता है कि जिसे रिश्वत नहीं छ सकती, जिसे बड़प्पन नहीं ख़रीद सकता, जो बिकने की चीज़ नहीं है, जिसे वह किसी भी कीमत पर छोड़ने या बिगाड़ने को तैयार नहीं, जिसके लिए ज़रूरत हो तो वह अपना जीवन भी दे देगा।

अगर कोई आदमी किसी सच्चे आदर्श पर दृढ़ है, तो लोगों को मजबूरन उसकी असली क़ीमत के कारण उसे मान्यता देनी ही पड़ती है। वह सिफारिशों पर, बढ़िया कपड़ों, बढ़िया मकान या जान-पहचान वालों से दबाव डलवाने पर निर्भर नहीं होता। वह स्वयं अपनी सबसे अच्छी सिफारिश होता है।

जो नौजवान अपने चरित्र को अपनी पूंजी बनाकर और अपने प्रत्येक वचन को पूरा करने के लिए अपने सारे पौरुष की बाजी लगा देने का दृढ़ संकल्प लेकर चलता है, वह असफल नहीं हो सकता, चाहे उसे यश या धन कुछ भी न मिले। जो आदमी बड़ा काम करने की कोशिश करते हुए अपना चरित्र नष्ट करता है, वह कभी भी कोई वास्तविक बड़ा काम नहीं कर पाता।

अब तक ईमानदारी का स्थान ले सकनेवाली किसी चीज़ की खोज नहीं हो सकी है। उसकी खोज़ करते हुए हज़ारों आदमी बरबाद हो गए। हमारी जेलें ऐसे लोगों से भरी पड़ी हैं जिन्होंने ईमानदारी के स्थान पर कोई अन्य चीज़ लाने का यत्न किया।

जो मनुष्य किसी झूठे पद पर जमा हुआ है, और नकाब डाले हुए है, और जिसके भीतर बैठा हुआ छोटा-सा डांट-फटकार करनेवाला संतरी लगातार कह रहा है : 'तुम्हें पता है कि तुम धोखेबाज़ हो, तुम वह आदमी नहीं हो, जो होने का दिखावा करते हैं,' वह स्वयं अपने-आप पर सच्ची आस्था नहीं रख सकता। असली चीज़ न होने की (वह चीज़ न होने की जो लोग उसे समझते हैं) चेतना

मनुष्य की शक्ति हर लेती है, उसके चरित्र को बिगाड़ देती है तथा आत्म-सम्मान और आत्म-विश्वास को नष्ट कर देती है।

जब लिंकन से किसी मुकदमे में झूठे पक्ष की वकालत करने के लिए कहा गया, तब उसने कहा, "मैं ऐसा नहीं कर सकता। जूरी से बातचीत करते हुए हर समय मेरे मन में यही रहेगा–'लिंकन, तुम झूठे हो, तुम झूठे हो,' और मैं समझता हूं कि मैं अपने–आपको भूल जाऊंगा और यही बात ज़ोर से कह उठूंगा।"

बहुत–से नौजवान चरित्र को पूंजी की दृष्टि से महत्त्वहीन समझते हैं। वे सीधी ईमानदारी और चरित्र की सचाई के मुकाबले में चुस्ती, चालाकी, धूर्तता और परिचितों के दबाव को अधिक महत्त्व देते प्रतीत होते हैं, फिर भी, किसी कारण बीसों फर्में किसी ऐसे आदमी के नाम के उपयोग के लिए, जो शायद पचास साल या इससे भी अधिक पहले मर चुका है, बड़ी-बड़ी रकमें ख़र्च करती हैं? कारण यह है कि उस नाम में एक शक्ति है, उस नाम में एक चरित्र है, वह किसी आदर्श का वाचक है, वह विश्वसनीयता और ईमानदारी का सूचक है। ज़रा सोचिए तो कि उन महान नामों का, जो व्यवसाय–जगत में अटल खड़े हैं, कितना मूल्य है।

क्या यह बात अजीब नहीं मालूम होती कि जो नौजवान इन तथ्यों को जानते हैं, वे चरित्र, विश्वसनीयता और पौरुष की ठोस चट्टान पर व्यवसाय का भवन खड़ा करने के बजाय चालाकी और धोखाधड़ी की बुनियाद पर उसे खड़ा करने की कोशिश करते हैं? क्या यह विचित्र बात नहीं कि इतने सारे लोग सच्चाई वाली चीज़ों, सच्चे व्यवहार और विश्वसनीयता की दृढ़ नींव छोड़कर अविश्वसनीयता के तुच्छ आधार पर व्यवसाय स्थापित करने के लिए इतना अधिक परिश्रम करें?

जब तक कोई नाम संदेहग्रस्त नहीं होता, तब तक उसकी बड़ी कीमत है, पर जब उसे संदेह का धब्बा लग जाता है, तब उसकी कुछ क़ीमत नहीं होती। इस दुनिया में ऐसी कोई चीज़ नहीं जो चरित्र का स्थान ले सके। संसार में ऐसी कोई नीति नहीं–ग़लत या सही नीति की तो बात ही छोड़ दीजिए–जिसकी तुलना ईमानदारी और सच्चे व्यवहार से हो सकती है।

आए दिन जिस धूर्तता और बेईमानी का भंडाफोड़ होता रहता है और जो धूर्त और ठग बेनकाब किए जाते हैं, उन सबके बावजूद या इनके कारण ही, आज व्यवसाय–जगत् में ईमानदारी सबसे बड़ा शब्द बन गया है। इतिहास के किसी काल में ईमानदारी का महत्त्व इतना बड़ा नहीं हुआ और यह अब पहले से भी अधिक बड़ा होता जा रहा है किसी समय भी चरित्र का व्यवसाय में इतना महत्त्व नहीं रहा जितना अब है। यह कभी भी सब जगह इतना मूल्यवान नहीं समझा गया जितना आज समझा जाता है।

कोई समय था जब उस आदमी को सबसे अधिक तनख़्वाह मिलती थी जो

दूसरों से लाभ उठाने में चालाक और सबसे अधिक तेज़ और सबसे अधिक धूर्त होता था; पर आज यह अवस्था नहीं रही, और ग्राहक के साथ दूसरा ही व्यवहार किया जाने लगा है।

नैथन स्ट्रॉस से जब यह पूछा गया कि आपकी फ़र्म की महान सफलता का क्या रहस्य है, तब उसने कहा कि ग्राहक से हमारे द्वारा मनुष्य की तरह व्यवहार करना ही इसका कारण है। उसने कहा कि हम ग्राहक को नाराज़ नहीं कर सकते, या उसकी कमज़ोरी का लाभ नहीं उठा सकते, या उसे यह सोचने का अवसर नहीं दे सकते कि उसके साथ ईमानदारी से व्यवहार नहीं हुआ, क्योंकि अंत में वही आदमी सबसे जल्दी आगे निकल जाएगा जो ग्राहक के साथ सीधा-सच्चा व्यवहार करेगा।

बहुत-से व्यापारियों ने बहुत धन कमाया है, पर वे अपने साथी लोगों में महत्त्वपूर्ण स्थान नहीं रखते, क्योंकि वे आत्महीनता से ग्रस्त हैं, क्योंकि उन्होंने सारे जीवन में घटिया सौदा किया है। उन्होंने दिखावटी बातों के साथ बहुत लंबी ज़िंदगी बिताई है और उनके मन में बातें इतनी अधिक बैठ गई हैं कि उनके जीवन के सारे स्टैंडर्ड ही नीचे हो गए हैं, उनके आदर्श सिकुड़ गए हैं और उनके चरित्रों में व्यवसाय के कुछ गुण आ गए हैं।

इन मनुष्यों में उन मनुष्यों से कितना अंतर है जो आधी शताब्दी से भी अधिक समय तक ठोस और महत्त्वपूर्ण संस्थाओं के अध्यक्ष बने रहे। वे लोग सदा हर चीज़ में श्रेष्ठता अपनाने के हामी रहे, और इनके चारों ओर न केवल योग्य, बल्कि चरित्रवान नर-नारी रहे।

हमारी रचना ही ऐसी हुई है कि हम चरित्र में आस्था रखते हैं। हम उन लोगों को प्रशंसा की नज़र से देखते हैं जिनके कुछ आदर्श होते हैं, जिनका केंद्र-बिंदु सत्य और ईमानदारी होता है। आवश्यक नहीं कि वे हमसे सहमत हों, हम उनकी शक्ति की, उनके सचाई–भरे विचारों की, उनके सिद्धांतों की खुले दिल से प्रशंसा करते हैं।

स्वर्गीय कार्ल शुर्ज़ एक दृढ़ विचारों वाला पुरुष था और उसने बहुत-से लोगों को अपना विरोधी बनाया। उसने बहुत बार अपने राजनीतिक विचार बदले, पर उसके बड़े से बड़े दुश्मन को भी पता था कि वह एक चीज़ से कभी नहीं हट सकता, चाहे मित्र रहें या न रहें, चाहे पार्टी रहे या न रहे; और वह चीज़ थी अपनी दृष्टि के अनुसार उसकी सिद्धांत-निष्ठा। उसके दृढ़ विश्वास में कोई रियायत नहीं होती थी। वह ज़रूरत पड़ने पर अकेला जमा रह सकता था, भले सारा संसार उसके विरुद्ध हो जाए। उसकी असंगतियां तथा दलों और राजनीति में उसके अनेक परिवर्तन भी अपने विश्वास पर अटल रहनेवाले व्यक्ति के रूप में उसकी प्रसिद्धि

को नष्ट नहीं कर सके। वह एक जर्मन क़ैदखाने से भाग निकला और अपना देश छोड़ गया था, जहां उसे जवानी में ही उसके क्रांतिकारी सिद्धांतों के कारण गिरफ्तार कर लिया गया था, परंतु सम्राट विलियम प्रथम उसके उद्देश्य की सचाई और उसके चरित्र की शक्ति का इतना अधिक आदर करता था कि उसने उसे जर्मनी लौटने और अपने पास आने का निमंत्रण दिया, उसके सम्मान में सार्वजनिक भोज दिया, और उसमें उसकी प्रशंसा की।

हमारे राष्ट्रीय आदर्शों और मानदंडों को हारवर्ड विश्वविद्यालय से निकलने वाले हज़ारों छात्रों द्वारा संपन्न करने और ऊंचा उठाने में प्रेज़िडेंट इलियट के प्रभाव का कौन अंदाजा लगा सकता है? फिलिप्स ब्रुक्स के चरित्र की भारी शक्ति और उच्चता ने, उसके प्रभाव में आनेवाले हर व्यक्ति को अधिक ऊंचे स्तर पर उठा दिया। लोगों को अपने ऊंचे आदर्शों तक उठाने की उसकी कोशिश में जो महान हार्दिकता थी, उसके समाने कोई भी चीज़ नहीं टिक पाती थी। उसकी बात सुन लेने और उससे मिलने पर आदमी यह महसूस किए बिना नहीं कर सकता था कि इस आदमी में चरित्र का महान गौरव है, उदात्त पौरुष की भव्य अभिव्यक्ति है। इन जैसे लोग मनुष्य–जाति की और भविष्य के मनुष्य की उच्चता की संभावनाओं में हमारी श्रद्धा बढ़ा देते हैं। ऐसे मानदंडों के कारण हमें अपने देश पर और भी गर्व है।

आदर्श ही जीवन की दिशा तय करता है, और उन लोगों को देखकर कैसी भव्यता के दर्शन होते हैं और कितनी प्रेरणा मिलती है जो पैसे को आदर्श पर कुर्बान कर देते हैं!

जिन सिद्धांतों से सफलता की समस्या हल होती है, वे हैं सत्य और न्याय, सचाई और ईमानदारी; और जो मनुष्य इन सिद्धांतों से जितना अधिक विचलित होता है, वह अपनी समस्या हल करने में उतना ही असफल होता है।

यह सच है कि व्यक्ति किसी पद पर पहुंच सकता है, वह धन भी पा सकता है, पर क्या यह सफलता है? चोर धन पा जाता है, पर क्या वह सफल हो जाता है? क्या हाथ के बजाय सिर के द्वारा चोरी करना (अर्थात् धोखाधड़ी करना) कुछ साफ़–सुथरी बात है या और भी अधिक बेईमानी की बात है? क्योंकि इसमें आदमी को पहले धोखा दिया जाता है और फिर लूटा जाता है। यह दुगुना जुर्म है।

हमें बहुत बार पत्र मिलते हैं, जिनमें प्रायः यह लिखा होता है कि "मझे अच्छी तनख़्वाह मिल रही है, पर मुझे यह काम अच्छा नहीं लगता। मैं अपनी भीतर की उस आवाज़ को चुप नहीं कर सकता जो मेरे काम को 'बुरा-बुरा' कहती है।

"इसे छोड़ दो, इसे छोड़ दो।" यही सलाह हम इन पत्र-लेखकों को सदा देते हैं। "किसी आक्षेप-योग्य धंधे में मत रहो, चाहे उसमें कितना ही प्रलोभन हो। यदि तुम इसकी ग़लत रोशनी के पीछे चलोगे तो वह तुम्हें अंतत: गड्ढे में ही गिराएगी। वह काम जिसे मनुष्य का अंत:करण निषिद्ध समझता है, वह मानसिक बलों को गिरानेवाला और चरित्र को नष्ट करनेवाला होता है।

जो मालिक आपसे आक्षेप-योग्य काम करने की आशा करता है, उससे कह दो कि तुम तब तक उसका काम नहीं कर सकते जब तक तुम अपने किए हर काम पर अपने पौरुष का ट्रेडमार्क, अपनी ईमानदारी की छाप नहीं लगा सकते। उससे कह दो कि यदि तुम्हारे उच्चतम गुण सफलता प्राप्त नहीं करा सकते तो तुम्हारे अवगुण तो निश्चय ही नहीं करा सकते। **आप अपने अंदर मौजूद सर्वोत्तम गुण, अपना सम्मान और अपना पौरुष किसी बेईमान आदमी या झूठ बोलनेवाली संस्था को बेचकर सुखी नहीं हो सकते हैं। आपको इस तरह के इशारे को भी अपना अपमान समझना चाहिए कि आप पैसा लेकर अपनी सचाई बेच सकते हैं।**

पक्का इरादा कर लो कि तुम मनुष्य से कुछ घटिया चीज़ बनने के लिए पैसा नहीं लोगे, तुम तनख्वाह की खातिर किसी आदमी के लिए झूठ बोलने के बदले अपनी योग्यता, अपनी शिक्षा, अपनी मौलिक सूझ और आत्म-सम्मान नहीं बेचोगे, और न तुम विज्ञापन लिखने में या वस्तुएं बेचने में या किसी भी अन्य हैसियत से बुरा काम करोगे।

पक्का इरादा कर लो कि तुम्हारे चाहे कोई रोज़गार हो, पर तुम किसी आदर्श को लेकर खड़े रहोगे। **तुम कोरे वकील, डाक्टर, व्यापारी, क्लर्क, संसद-सदस्य या बड़े धनवान आदमी नहीं बनना चाहते बल्कि तुम पहले बाद में और हर समय, मनुष्य बने रहना चाहते हो।**

नई-नई सूझ

किसी भी मनुष्य ने कभी किसी दूसरे की अनुकरण करने की कोशिश करके सफलता नहीं पाई, भले ही वह आदमी सफल रहा हो। सफलता की नक़ल नहीं की जा सकती, उसके अनुकरण में सफलता नहीं पाई जा सकती। यह तो एक मौलिक शक्ति है, एक निजी सृष्टि है। हर आदमी उतने अंश में सफल रहेगा जितने अंश में वह अपने-आपसे दूर हटकर कुछ और बनने की और अपने बजाय किसी और का रूप बनाने की कोशिश करता है। शक्ति या तो अंदर से आती है और या बिलकुल ही नहीं आती। **अपने स्वरूप के अनुरूप रहो; अंदर की आवाज़ सुनो। हर पेशे, हर धंधे और हर व्यवसाय में सुधार की गुंजाइश है। संसार को ऐसे लोगों की ज़रूरत है जो नए और अधिक अच्छे तरीकों से काम कर सकते हैं।** यह मत सोचो कि आपकी योजना या विचार पहले की तुलना में सर्वथा नए होने के कारण, आपके तरुण अथवा अनुभवशून्य होने के कारण कोई आपकी बात नहीं सुनेगा। जिसके पास संसार को देने के लिए नई और कीमती वस्तु है उसकी बात अवश्य सुनी जाएगी और उसका अवश्य अनुसरण किया जाएगा। प्रबल व्यक्तित्व का आदमी–जो सोचने का कोई नया तरीका निकालने का हौसला रखता है, जो अपना स्वरूप देखने से नहीं डरता, और जो किसी दूसरे की नक़ल नहीं करता–शीघ्र ही मान्यता पा जाता है। कोई अन्य चीज़ इतनी जल्दी मालिक का या बाक़ी दुनिया का ध्यान नहीं खींच सकती जितनी जल्दी सफल विचार या नए तरीके।

अपना रास्ता स्वयं प्रकाशित करो, अपना अलग रास्ता बनाओ; नहीं तो तुम कभी दुनिया पर अपनी छाप नहीं डाल सकते। विलक्षण मौलिकता ही ध्यान खींचती है। संसार उस आदमी की प्रशंसा करता है, जिसमें अपना सिर भीड़ से ऊपर उठाने की हिम्मत होती है, जिसमें सामने आकर अपने

विचार पेश करने की हिम्मत होती है। मौलिकता का इतना महत्त्व पहले कभी नहीं था जितना आज है। जिस आदमी के पास कोई विचार है, दुनिया उसके लिए रास्ता छोड़ देती है। विचारक व्यक्ति वह आदमी जिसके पास मौलिक विचार और नए तथा अप-टू-डेट तरीके हैं, जो किसी भी समुदाय के असली उत्पादक बल हैं, उनकी हर जगह पूछ होती है, मनुष्य-रूपधारी मशीनों की मांग कम है।

संसार में अनुयायी, दूसरों के सहारे चलनेवाले और पिछलग्गू भरे पड़े हैं जो पुरानी लीक पर चलने और अपने लिए सोचने का काम दूसरों पर छोड़ने को तैयार है। पर दुनिया मौलिक शक्तिवाले आदमी की तलाश में है जो लीक को छोड़कर नए क्षेत्रों में आगे बढ़ता है, उस डाक्टर की खोज में जो अपने से पहले हुए लोगों की राह छोड़कर चलता है, उस वकील की तलाश में है जो मौलिक तरीके से अपना रास्ता बनाता है, उस अध्यापक की तलाश में है जो कक्षा में नए विचारों और विधियों का प्रयोग करता है, और उस पादरी की खोज में है जो वह संदेश सबको बताने का साहस रखता है जो ईश्वर ने उसे दिया है—वह नहीं जो ईश्वर ने किसी और को दिया था और उसे उसने एक पुस्तक में लिख दिया है। दुनिया को ऐसे प्रचारकों की आवश्यकता है जो जीवन से निकालकर उपदेश लाते हैं, पुस्तकों में से नहीं।

हज़ार आदमी सचाई से किसी कार्यक्रम पर चल सकते हैं, पर कार्यक्रम बना सकनेवाला एक होता है। पीछे चलनेवाले हज़ार होते हैं, रास्ता दिखानेवाला एक होता है। ऐसा कम देखने में आता है कि कोई नौजवान आगे बढ़ने की शक्ति और अपनी मौलिकता के बल पर किसी काम को पूरा कर लेने की योग्यता रखता हो।

जीवन में आप जो कुछ करें, उसमें दूसरों के पीछे न चलिए। नक़ल मत करिए। कोई भी काम उस तरह न कीजिए जिस तरह पहले किसी ने किया है, बल्कि अपने सोचे हुए नए तरीके से ही कीजिए। लोगों को दिखा दीजिए कि पिछले उदाहरणों का आपके लिए कोई महत्त्व नहीं, और आप नया ही कार्यक्रम बनाएंगे। **दृढ़ निश्चय कर लीजिए कि संसार में आप अधिक सफलता पा सकें या कम, अधिक काम कर सकें या कम; पर आप जो कुछ करेंगे वह मौलिक और आपका होगा। अपने साहसपूर्ण व्यक्तिगत तरीके पर दृढ़ता से जमे रहने से मत डरिए, मौलिकता शक्ति और जीवन है। नक़ल मौत और विनाश है।** अपना मौलिक विचार प्रकट करने से मत डरिए। मौलिक बनने से अपना विकास होता है, नक़ल करने से नहीं। उन्नति नेतृत्व करने से होती है, पीछे चलने से नहीं। निश्चय कर लीजिए कि आप सदा नए विचारोंवाले, सदा सुधार के लिए उत्सुक आदमी रहेंगे। किसी उद्देश्य से विचार कीजिए। मौलिक आदमी के लिए सदा जगह होती है।

सदा पहले उदाहरणों पर चलने से और हर चीज़ पिछले तरीके से करने से नई सूझ और विकास की शक्ति जितनी जल्दी नष्ट होती है, उतनी किसी और चीज़ से नहीं होती। मैंने ऐसे प्रगतिशील नौजवानों का विकास करते हुए, उन्हें बिल्कुल लकीर के फ़कीर होते हुए, और अपनी सारी प्रगतिशीलता खोते देखा है, जब वे अपने पिताओं की दुकानों या व्यवसाय-संस्थानों में पहुंच गए जहां हर चीज़ उसी पुराने तरीके से की जाती थी और जहां हर काम पहले के ढर्रे पर चलता था। अपना फैलाव करने की उनकी सारी शक्ति नष्ट हो गई, नवीनता और मौलिकता लाने के लिए वहां कोई प्रेरणा नहीं थी, क्योंकि उनके पिता परिवर्तित होने को तैयार नहीं थे। मैंने बड़े शानदार लोगों को, जो बड़े भव्य आदमी बन सकते थे, अपने पिताओं की लीक पर चलकर नष्ट होते हुए देखा है।

हमारे कितने ही व्यवसाय-संस्थान मशीनों से, पुराने तरीकों से, भारी-भरकम बहीखाता-प्रणाली से और गए-बीते उपकरणों के बोझ से दबे हुए हैं, जबकि नई विधियों और नए उपकरणों ने काम करने के छोटे तरीके निकाल दिए हैं, जिनसे जगह की बचत हो सकती है और वे बहुत कम मदद से आगे बढ़ सकते हैं, परंतु वे हानिकारक दृढ़ता से पुराने तरीकों के साथ चिपटे हुए हैं।

इसी कारण बहुत-सी पुरानी कंपनियां, जो पीढ़ियों तक मज़बूत और ताकतवर रही हैं, धीरे-धीरे सिकुड़कर लकीर की फ़कीरी में पड़ जाती हैं और फेल हो जाती हैं, उनके नए प्रतिस्पर्धी इन कंपनियों से निकले वही चुस्त नौजवान होते हैं जो एक नए तरीके से काम करते हैं, नई से नई विधियां अपनाते हैं, ज़माने के साथ चलते हैं और पुराने लोगों से अधिक सफलता पाते हैं।

मौलिकता या निरालापन बड़ा भारी विज्ञापन होता है। जो आदमी अधिकतर अन्य लोगों की तरह व्यापार करता है–चाहे उसमें अधिक ऊंची योग्यता हो–अधिक ध्यान नहीं खींच पाता। पर यदि वह अपना नया रास्ता बनाता है, मौलिक और प्रगतिशील तरीके अपनाता है, अपनी विशेषता का एक नया अलग वर्ष खड़ा कर देता है, तो वह औरों का ध्यान आकृष्ट करता है, और जो उसका माल लेता है, वह उसका चलता–फिरता विज्ञापन होता है।

बोस्टन में एक दुकान है जिसके प्रगतिशील काम करने के मौलिक तरीके सोचते रहते हैं। उदाहरण के लिए, उसमें सारी खरीज अमरीकी खज़ाने या टकसाल से अभी लाए गए नए सिक्कों में दी जाती है। इस पर अधिक लागत नहीं आती और बहुत ही थोड़ा झंझट पैदा होता है। फिर भी यह बड़ा चतुराई-भरा विज्ञापन है। स्त्रियों और बच्चों के लिए यह विशेष रूप से आकर्षक है और उससे उनका व्यापार बढ़ता है। पुराने मैले सिक्कों को, जो न मालूम कहां रखे रहे होंगे, हाथ लगाने में रोग का भय तो है ही, साथ ही नए चमकीले सिक्कों को हाथ में लेने में

भी आनंद अनुभव होता है। इस कंपनी ने ऐसे अनेक निराले तरीके अपनाए हैं।

लोग सबसे अधिक अप-टू-डेट दुकानों पर ही जाते हैं, क्योंकि वे जानते हैं कि नए से नए फैशन, नई से नई चीज़ें, अधिक से अधिक क़िस्में अच्छे से अच्छा रुचिकर प्रदर्शन और सबसे अधिक उपयुक्त वस्तुएं वहीं मिलेंगी। सब जानते हैं कि इन अप-टू-डेट दुकानों में सबसे अधिक तनख्वाह दी जाती हैं और सबसे अच्छे ग्राहक आते हैं।

न्यूयार्क में एक होटल है जिसे किसी विज्ञापन की ज़रूरत नहीं। यह उन स्थानों में से है जिन्हें लोग दिलचस्पी के कारण देखने जाते हैं और सदा इसकी चर्चा किया करते हैं। अगर अन्य बातें एक जैसी ही हों तो लोग इस होटल में ही जाएंगे। यदि वे वहां कमरा लेकर रहने में समर्थ नहीं हैं, तो भोजन करने, फैशन और प्रमुख आदमियों को देखने ही लोग वहां जाएंगे। दूसरे प्रथम कोटि के होटलों को जो आमदनी होती है, वह तो इसे है ही, साथ ही इस होटल का मुफ्त में होने वाला विज्ञापन भी शायद होटल की कीमत से आधे मूल्य का पड़ेगा।

यही बात हर तरह के कारबार के बारे में सच है। वह दुकान लोगों को खींचती है जो नई से नई और अधिक से अधिक अप-टू-डेट हो, जिसमें नए से नए साधन हों और अधिक से अधिक मौलिक विचार हों। पर यह समझने की ग़लती मत करिए कि नए ढंग से काम करने–मात्र से आप अवश्य सफल हो जाएंगे। **प्रभावकारी मौलिकता का ही महत्त्व है।** हज़ारों लोग नए विचारों के पीछे काम करने के नए तरीकों की खोज में सदा भटकते रहते हैं। परंतु उन्होंने कभी कोई महत्त्वपूर्ण सफलता नहीं पाई, क्योंकि वे प्रभावकारी और क्रियात्मक या व्यावहारिक नहीं हैं। मैं एक ऐसे आदमी को जानता हूं जो नज़र में पड़नेवाले हर नए साधन का उपयोग करता है, और इस प्रकार उसने उत्तराधिकार में मिली बहुत बड़ी संपत्ति करीब-करीब नष्ट कर दी क्योंकि उसमें यह विवेक या समझ नहीं है कि अपने कारोबार की व्यवस्था के लिए वस्तुतः प्रभावकारी साधन छांट सके।

कोई नौजवान सबसे चतुराई का काम यही कर सकता है कि वह जो कुछ भी करे, उसे यथासंभव अधिक से अधिक मौलिकता और यथासंभव अधिक से अधिक श्रेष्ठता से करे। **शुरू में ही यह इरादा कर लो कि जो चीज़ हमारे हाथ से निकलकर जाएगी, उस पर हमारे व्यक्तित्व की छाप होगी, और यह संकल्प कर लो कि हम जो कुछ भी करेंगे, उस पर हमारे चरित्र की मोहर होगी जो उसके सर्वोत्कृष्ट गुणों की छाप होगी।** इससे उसके चरित्र पर बड़ा भारी प्रभाव पड़ेगा। यदि वह ऐसा करेगा तो उसे कोई कारोबार शुरू करने और उसका विज्ञापन करने के लिए बहुत बड़ी पूंजी की आवश्यकता नहीं होगी। उसकी सबसे बड़ी पूंजी उसके अपने भीतर होगी। मौलिकता विज्ञापन का सबसे अच्छा

स्थानापन्न है, और साथ ही विज्ञापन करने के लिए सबसे उत्तम है, बशर्ते कि उसके साथ वस्तु या सेवा की श्रेष्ठता या क्वालिटी भी अच्छी हो। कुछ लोग नए तरीके से काम करने से डरते हैं। वे किसी के पीछे ही चल सकते हैं। 'जो चीज़ मेरे पिता और दादा के लिए काफ़ी थी, वह मेरे लिए भी काफ़ी है,' यही उनका आदर्श-वाक्य मालूम होता है। उन्हें परिवर्तन के लिए कोई कारण नज़र नहीं आता। उन्हें हर काम के लिए पिछला उदाहरण चाहिए, नहीं तो वे उसे अस्वीकार कर देंगे। काम करने का कोई नया तरीका या नया विचार उनके मन में नहीं बैठता। वे सोचते हैं कि जब इस नए तरीके का पहले प्रयोग नहीं किया गया तब इसमें ज़रूर कोई न कोई दोष होगा। उनमें पुराने के प्रति एक खास किस्म का लगाव होता है। प्राचीनता उनके मन को अपील करती है। वे सोचते हैं कि चीज़ों का मूल्य उनकी आयु में होता है। जकड़ी हुई बुद्धिवाले ये लोग प्रगति के रास्ते में रुकावट होते हैं। हर शहर में पुराने ढर्रों के प्रेमी लोग मौजूद हैं जो उन्हीं पुराने ढंग की दुकानों में, वही पुरानी सजावटी अलमारी लिए वस्तुएं प्रदर्शित करने के वही पुराने तरीके पकड़े हुए बैठे हैं। वे प्रगति के पानी के लिए चिकने घड़े हैं। नए विचारों से उन्हें डर लगता है। किसी नई चीज़ से या कोई ऐसी अवस्था आने पर जिसमें किसी मौलिकता की आवश्यकता हो, लकीर के फ़कीर का मूढ़ और परेशान हो जाते हैं। उनके हाथ में कोई ऐसी चीज़ होनी चाहिए जो पहले इस्तेमाल की जा चुकी हो, नहीं तो वे बेबस हो जाते हैं।

बहुत-से लोग सोचते हैं कि यह बदकिस्मती की बात है कि उनका व्यक्तित्व दूसरों जैसा नहीं है। उन्हें सदा अनोखे या विचित्र समझे जाने से डर लगता है, परंतु विधाता ने कोई भी दो चीज़ें या कोई भी दो आदमी एक-से नहीं बनाए हैं, प्रकृति हर नया जन्म होने पर अपना सांचा तोड़ देती है। **बड़े चरित्रों में सदा प्रबल व्यक्तित्व और मौलिकता पाई जाती है और इन विशेषताओं के कारण वे जन साधारण से अलग दिखाई देते हैं। विचित्र होने का अर्थ कमज़ोर होना नहीं, बल्कि बहुधा यह शक्ति या चिह्न होता है।** लिंकन में कुछ विचित्रताएं थीं, पर वे उसके महान चरित्र से अलग नहीं की जा सकतीं। जिन विचित्रताओं से आदमी अरुचिकर नहीं लगता या नापसंद नहीं किया जाता, वे प्रायः हानिकारक न होकर लाभकर ही होती हैं।

बेजान निष्प्राण चरित्र से, जिसमें औरों से उसे भिन्न करनेवाली कोई प्रबल विशेषता नहीं है, अधिक नीरस क्या चीज़ हो सकती है? हम सब किसी महान प्रकृति से, किसी प्रबल शक्तिशाली अक्खड़ व्यक्तित्व से–जो हमें अपनी शक्ति से प्रभावित करता है, जो हमसे बड़ा एवं महान व्यक्तित्व है और हमारे अंदर आदर और प्रशंसा का भाव पैदा कर देता है–प्रेम करते हैं। उनके सामने हम वैसा ही

अनुभव करते हैं जैसा हम किसी विशालकाय पर्व की ऊंची गगनचुंबी चोटी के नीचे खड़े होने पर करते हैं। हम यह नहीं चाहते कि ऊबड़-खाबड़ चट्टानें सपाट हो जाएं: उनसे चोटी की भव्यता बढ़ती है, उनसे महिमा और शक्ति का बोध होता है। किसी महान चरित्र की विचित्रताओं को सपाट करने की, उसके व्यक्तित्व की विलक्षणता की जो उसे अन्य सब लोगों से पृथक् करती है, दूर करने की इच्छा क्यों करनी चाहिए?

उस मौलिक पुरुष या स्त्री पर हमें विश्वास हो जाता है जिसे देखकर हमें दूसरों का स्मरण नहीं होता, जो हमारे ऊपर प्रबल और स्थायी असर डालता है, जो किसी की नक़ल या किसी का अनुसरण नहीं करता, जो स्वयं अपना कार्यक्रम बनाता है, जो अपने निर्णय के अनुसार काम करता है, जो किसी के सहारे नहीं खड़ा होता, बल्कि निडर होकर, साहस से, स्वतंत्र रूप से काम करता है। हम जानते हैं कि उसमें वह बल है जिससे काम किया जा सकता है, जिससे किसी सफलता पर पहुंचा जा सकता है; उसमें एक ऐसी संचित शक्ति है जो उसके स्वामी को सरदार बना देती है। **निडरता महान सफलता के लिए सर्वथा आवश्यक गुण है। साहस के साथ बल सदा मौजूद रहता है।** मौलिक आदमी की यह एक खास विशेषता है। नकलची लोग डरपोक और कमज़ोर होते हैं।

मौलिक होने से घबराओ मत। एक स्वतंत्र आत्म-विश्वासी नए मनुष्य बनो। संसार के अन्य मनुष्यों की ही तरह न रहो। अपने दादा, अपने पिता या अपने पड़ोसियों की नक़ल करने की कोशिश मत करो। यह वैसी ही बेवकूफी की बात है जैसे चंपा का फूल गुलाब बनने की कोशिश करे, या गेंदे का फूल सूरजमुखी बनने की कोशिश करे। प्रकृति ने हर आदमी को उसकी उद्देश्यपूर्ति के लिए एक भिन्न साधन दिया है। **हर आदमी एक काम को अपने मौलिक तरीके से करने के लिए पैदा हुआ है।** यदि वह किसी दूसरे आदमी की नकल या किसी दूसरे का काम करने का यत्न करता है तो वह असफल रहेगा।

अपने श्रद्धेय लोगों की भी नक़ल मत करो। बीसियों तरुण पादरियों ने बीचर की नक़ल करके अपनी ख्याति बनाने की कोशिश की। उन्होंने उसकी आवाज़ और बातचीत की नकल की, उसकी मुद्राओं और आदतों का अनुसरण किया, पर वे उस महापुरुष की शक्ति से पीछे ही रहे। वे सैकड़ों नक्काल आज कहां हैं? उनमें से किसी ने भी दुनिया में कभी कोई हलचल पैदा नहीं की। दुनिया सब तरह की नक़लों पर पाबंदी लगाती है। यह उस आदमी से नफ़रत करती है जो किसी दूसरे का पिछलग्गू होता है, दूसरों का सहारा लेता है या उसकी नक़ल करता है। उसे सदा निर्बल, व्यक्तित्वहीन या कमज़ोर आदमी समझा जाता है।

हम अपने बड़े कारपोरेशनों में एक आदमी की शक्ति से उत्पन्न खतरों के

बारे में काफ़ी कछ सनते रहते हैं। लोग कहते हैं कि उनका प्रबंध बड़ी कमेटियों या संचालक-मंडल द्वारा होना चाहिए और उनके हाथों में अधिक शक्ति नहीं देनी चाहिए। पर हर कमेटी, हर संचालक-मंडल में मौलिक सूझवाला ही एक प्रधान आदमी होता है। वह सबसे ऊंचा होता है, और अंततः वही शासन करता है। **एक ज़बरदस्त मौलिक शक्तिशाली चरित्रवाले आदमी के आधिपत्य से बच पाना असंभव है।**

बस, अपने निजी रूप में रहिए। यह बात बहुत महत्त्वपूर्ण है कि आप अपने-आपमें मौलिक व्यक्ति हैं और देखने से आप किसी की नक़ल नहीं मालूम होते। मौलिकता की ख्याति आपको किसी भी समुदाय में आगे बढ़ा देती है। लोग आप से बातचीत करने के बाद आपके बारे में इस तरह की चर्चा करने लगते हैं, "मेरी मुलाकात आज एक मौलिक आदमी से हुई, जिसे देखकर मुझे किसी ऐसे व्यक्ति का ध्यान नहीं आया जिसे मैंने पहले कभी नहीं देखा हो।" ऐसे आदमी से बातचीत करके मन में ताज़गी आ जाती है जिसे देखकर आपको दूसरे आदमी का ध्यान नहीं आता, जो दिखावटी बातें नहीं करता, जो पुराने ढंग का गुलाम नहीं है जो अपनी टांगों से चलता है, जिसे बैसाखी के सहारे चलना पसंद नहीं है, और जो किसी के सहारे नहीं खड़ा होता। वह एक बलवान आदमी है और उसमें से शक्ति फूटती है।

आप जो हैं, उससे भिन्न कोई अन्य व्यक्तित्व बनने की कोशिश क्यों करते हैं? **स्वयं अपने रूप में रहना, मौलिकता और शक्ति से अपने-आपको प्रकट करना आपके लिए सबसे योग्य काम है।** कोशिश करने पर भी आप दूसरा व्यक्ति नहीं बन सकते। इससे आप केवल कृत्रिम और उपहासास्पद बन जाते हैं, और उस शक्ति से वंचित हो जाते हैं जो आत्माभिव्यक्ति से, स्वयं अपने व्यक्तित्व के अनुरूप रहने से पैदा होती है। आप में और दूसरे व्यक्ति में जितना अधिक स्वभाव-भेद होगा, उसकी नक़ल करने की कोशिश से आप उतने ही उपहासास्पद बन जाएंगे। असली शक्ति स्वतंत्र प्रखर व्यक्तित्व से पैदा होती है।

धन था पर नष्ट हो गया

न्यूयार्क के एक बड़े अनुभवी और प्रमुख वकील का कहना है कि जो लोग धन पैदा करते हैं या उत्तराधिकार में पाते हैं, उनमें से सौ में से निन्यानवे आदमी देर-सबेर उसे खो ही देते हैं।

प्रचुरता, अक्षय संपत्ति और असीमित अवसर वाले देश अमरीका में, जहां हर आदमी को राजा होना चाहिए, यह देखकर कैसा विचित्र लगता है कि ऊंचे गुणोंवाले आदमी केवल इस कारण यूरोप के किसानों की तरह रह रहे हैं क्योंकि उन्होंने व्यापार के प्रचलित तरीकों से व्यापार करना नहीं सीखा।

अमरीका में हज़ारों ऐसे अच्छे ईमानदार नर-नारी हैं जिन्होंने भविष्य के लिए कुछ बचत करने की खातिर बड़ी मेहनत की है, और अपने आराम तथा सुविधा को सब तरह से कुर्बान किया है; फिर भी प्रौढ़ अवस्था पर या इससे आगे पहुंच जाने पर वे इसका कोई भी परिणाम नहीं दिखा सके। उनमें से अधिकतर लोग न तो घर बना सके हैं, और न उनके घर बना सकने की कोई संभावना है; न वे कोई संपत्ति बना सके हैं और न बीमारी या अनिवार्य आकस्मिक आवश्यकता या अपने बुढ़ापे के दिनों के लिए कोई पैसा ही जमा कर सके हैं।

यह बात देखकर विश्वास नहीं होता कि कोई कठोर परिश्रमी, अपनी मेहनत से बना हुआ आदमी, जिसने ग़रीबी से संघर्ष करके उन्नति की है, और जिसे अपना कमाया हुआ हर रुपया ख़र्चने में पीड़ा अनुभव होती है वह अपनी बचत को बिना सोचे मूर्खता के कामों में आसानी से लगा दे, बहुत बार अपना धन हज़ारों मील दूर बैठे ऐसे लोगों को भेजे जिन्हें उसने कभी नहीं देखा और जिनके बारे में वह प्रायः कुछ भी नहीं जानता। बस, उसने तो कोई विज्ञापन देखा है जिसकी ओर उसका ध्यान खिंच गया या किसी चिकनी-चुपड़ी बातें करनेवाले धूर्त दलाल ने हंस-हंसकर उसे फंसा लिया है।

अमरीका में कमाई के बहुत-से बड़े-बड़े साधन और व्यवसाय, व्यापार के तरीकों के बारे में आम जनता के अज्ञान के आधार पर बनाए गए हैं या बनाए जा रहे हैं। चालाक लोग इस अज्ञान का लाभ उठाते हैं, जो लोग अपनी संपत्ति की रक्षा करना नहीं जानते, उन्हें ठग लेना आसान काम है। वे अपने साथी मनुष्य के अज्ञान पर ही फलते-फूलते हैं। वे जानते हैं कि होशियारी से लिखे हुए विज्ञापन, चालाकी से लिखे हुए सरकुलर और प्रभावोत्पादक अपील से इन भोले लोगों की ख़ून-पसीने की कमाई छिपे हुए कोनों से निकलकर, उनकी तिजोरियों में आ जाएगी।

अपने घर की रक्षा के लिए, अपनी गाढ़ी कमाई की रक्षा के लिए, अपने मन की शांति, आत्म-सम्मान और आत्म-विश्वास की ख़ातिर यह याद रखिए कि आप चाहे जो करें, पर व्यवसाय की अच्छी ठोस शिक्षा लेने में उपेक्षा मत कीजिए, और जितनी जल्दी हो सके उसे जीवन में अपना लीजिए। इससे आप बहुत-से ख़तरों हज़ारों परेशानियों और शायद अपनी पत्नी और बच्चों के सामने बेइज़्ज़त होने और अपनी असफलता स्वीकार करने के लिए मजबूर होने से बच जाएंगे। इससे आप अच्छा मकान छोड़कर रद्दी मकान में जाने, अपनी संपत्ति अपने हाथों से निकलकर दूसरे के पास जाती हुई देखने और अपनी कमज़ोरी, दूरदर्शिता तथा विचारशीलता का अभाव स्वीकार करने के महान कष्ट उठाने और धूर्तों की ठगी के शिकार होने से बच जाएंगे।

बहुत-से लोग जो कभी अपनी अच्छी दुकानें चलाते थे, आज दूसरों की दुकानों में नौकरी कर रहे हैं। इसका कारण केवल यही है कि उन्होंने किसी साहस के कार्य में सब कुछ लगा दिया और खो दिया। अब उनके अनेक बच्चे हैं। इसलिए अपनी जवानी में नया काम शुरू करने की जो जोखिम उन्होंने उठाई उसे उठाने का अब उन्हें हौसला नहीं पड़ता और इसलिए वे अब मामूली पदों पर रहते जीवन बिताते चले जाते हैं। आकांक्षाएं अब भी उनके मन में पैदा होती हैं, पर उन्हें पूरा करने का अब उनके पास कोई अवसर नहीं रह गया है।

अनेक आविष्कारकों और खोज करनेवालों ने वर्षों गरीबी और लाचारी से संघर्ष करते हुए संसार को ऐसी चीज़ें दी हैं जिनसे मनुष्य का बोझ हटने में और सभ्यता की मुसीबतें हल्की होने में मदद मिल रही है, परंतु उन्होंने अपनी सफलताओं को दूसरों के हाथों में पड़ जाने दिया और इस तरह वे पैसे-पैसे के मोहताज़ रहे, क्योंकि वे अपनी रक्षा करना नहीं जानते थे।

हज़ारों आदमी, जो कभी बड़े मज़े में थे, आज इस कारण ग़रीबी और मुसीबत में रह रहे हैं कि उन्होंने कोई लिखित शर्तनामा या समझौता नहीं किया, या व्यवसाय के ढंग से व्यवसाय नहीं किया। अनेक परिवार दीन-हीन हालत में इस कारण मकान और घर से निकाल दिए गए क्योंकि उन्होंने किसी रिश्तेदार या दोस्त

पर भरोसा किया और यह विश्वास किया कि वह उनके साथ सचाई बरतेगा। इसी से कोई पक्की व्यावहारिक व्यवसाय-संबंधी कोई लिखा-पढ़ी उन्होंने नहीं की।

प्रश्न यह नहीं है कि लोग कितने ईमानदार हैं। हो सकता है कि वे भूल जाएं। **ग़लतफ़हमियां इतनी आसानी से पैदा हो जाती हैं कि किसी महत्त्वपूर्ण चीज़ को केवल ज़बानी बात तक रखना सुरक्षित नहीं, उसे लिखित रूप में ले आओ। इसमें समय या धन बहुत थोड़ा ख़र्च होता है, और जब संबद्ध पक्ष सहमत हो, तब ही समझौते को ठीक-ठीक शब्दों में लिख लेने का सबसे अच्छा समय होता है।** इससे प्रायः मुक़दमेबाज़ी, कटुता और झगड़े से बचाव हो जाएगा। आपसी समझौते को लिखित रूप न देने के कारण न जाने कितनी दोस्तियां टूट गई हैं। हज़ारों मामले इसी कारण आज अदालतों में हैं, और वकीलों की आमदनी का बहुत बड़ा भाग उनसे ही आता है।

बहुत-से लोगों के मन में यह मूर्खतापूर्ण विचार होता है कि दूसरे लोग, विशेष रूप से दोस्त या रिश्तेदार किसी प्रस्ताव या समझौते को लिखित रूप में लाने के लिए कहने पर बुरा मानेंगे और इसे अपनी ईमानदारी पर आक्षेप समझेंगे। यह विश्वास का प्रश्न ही नहीं, यह व्यवसाय का प्रश्न है और व्यवसाय व्यवसाय के ढंग से ही होना चाहिए, जिससे मृत्यु या किसी दूसरी अनहोनी घटना के हो जाने की अवस्था में उलझन या ग़लतफ़हमी की हर गुंजाइश ख़त्म हो जाए। जिन लोगों के बारे में आप यह सोच रहे हैं कि आपके इतना दृढ़ होने से वे बुरा मानेंगे, वे वास्तव में आपके साफ ढंग पर और ग़लतफ़हमी दूर रखने में आपकी सावधानी पर आपी प्रशंसा करेंगे।

अनेक सुसंस्कृत लड़कियों को अपने पिता की असफलता या मृत्यु के कारण एकाएक अपने पांवों पर खड़ा होने को मजबूर होना पड़ा और उन्होंने देखा कि हम अपना कारबार चलाने या जीविका कमाने के अयोग्य हैं। बहुत-सी स्त्रियों पर उनके पति के एकाएक मर जाने के कारण व्यवसाय की बड़ी ज़िम्मेदारियां आ जाती हैं जिन्हें उठाने में वे बिलकुल अयोग्य होती हैं। वे धूर्त वकीलों या बेईमान व्यापारियों की मोहताज हो जाती हैं, जो अच्छी तरह यह जानते हैं कि महत्त्वपूर्ण सौदों के मामले में वे उनके हाथों में छोटे बच्चों के समान हैं।

व्यापार की बुद्धि भी उतनी ही दुर्लभ है जितनी गणित की बुद्धि। हम स्कूलों और कालिजों से निकले हुए लड़कों और लड़कियों को देखते हैं जिन्हें अनेक बातों की तरह-तरह की जानकारी तो होती है, पर मनुष्य को चुरानेवाले उन चोरों से अपना बचाव करने की योग्यता उनमें नहीं होती जो बिना कुछ दिए ही सब कुछ झटक लेने का यत्न कर रहे होते हैं। व्यावहारिक व्यवसाय पद्धतियों की अच्छी शिक्षा के बिना किसी भी लड़के या लड़की को, विशेष रूप के किसी ऊंची

संस्था से डिग्री नहीं मिलनी चाहिए। जो माता-पिता बिना यह देखे अपने बच्चों को जीवन-क्षेत्र में भेज देते हैं कि उनका व्यवसाय के आम सिद्धांतों से अच्छा परिचय है या नहीं, वे उनके साथ बड़ा भारी अन्याय करते हैं।

मैंने एक नौजवान औरत को यह शेखी मारते सुना कि उसे रुपए-पैसे के मामले में कोई जानकारी नहीं और न वह ऐसी जानकारी प्राप्त ही करना चाहती है। उसने कहा कि मेरे मन में रुपए के मूल्य का कुछ भी महत्त्व नहीं; मेरे पास जितना धन आए, वह सारा ख़र्च कर सकती हूं, पर रुपए-पैसे के मामले में बातचीत करना मुझे पसंद नहीं। ऐसी कई स्त्रियां रुपए-पैसे के मामले में जानने योग्य आम बातों पर विचार करने से दूर रहती हैं। वे सोचती हैं कि धन के बारे में शुद्ध व्यवसाय के दृष्टिकोण से कुछ भी जानना उनके लिए ज़रूरी नहीं; क्योंकि वे समझती हैं कि जीवन के इस अंश से केवल उनके पिताओं या भाइयों या पतियों का ही वास्ता है।

इस तरह की भावना और अज्ञान के परिणाम का एक शिक्षाप्रद उदाहरण मुझे याद है। एक महिला व्यवसाय का ज्ञान न होने के कारण अपनी सारी संपत्ति से हाथ धो बैठी थी। उसने मुझे बताया कि उसे व्यापार के बारे में कुछ भी पता नहीं था। धन का मूल्य उसने कभी नहीं समझा था। उसका पति मर गया और उसके लिए बहुत-सी संपत्ति छोड़ गया, और उसका यह नियम था कि उसके वकील या एजेंट जो भी काग़ज़ या दस्तावेज़ पेश करते, उन्हें बिना पढ़े वह उस पर हस्ताक्षर कर देती। जो लोग उसकी संपत्ति के कर्ता–धर्ता थे, वे जानते थे कि उसे व्यापार के बारे में कुछ पता नहीं और उन्होंने उसके अज्ञान का लाभ उठाया। उन्होंने उसकी संपत्ति उससे ले ली और उसके पास इतना धन भी नहीं बचा कि वह अपनी संपत्ति वापस लेने के लिए मुकदमा लड़ सके।

हज़ारों लडकियां शिक्षा पूरी करके दुनिया में आ जाती हैं, पर वे रुपए की एक ठीक रसीद भी नहीं लिख सकतीं, प्रॉमिसरी नोट, ड्राफ्ट या बिल लिखने और व्यापारिक संविदाओं या इकरारनामों का अर्थ और महत्त्व समझने की तो बात ही छोड़ दीजिए। इस तरह की एक स्त्री ने अपने बैंक में अदायगी के लिए एक चैक पेश किया। बैंक वाले ने वह चैक उसे लौटाते हुए उससे कहा कि आप कृपा करके इसे इंडोसे (पिछली तरफ़ दस्तख़त करना) कर दीजिए। उस महिला ने चैक की पीठ पर लिख दिया, "इस बैंक के साथ मैं बहुत वर्षों से व्यवसाय कर रही हूं, और मैं इसे बिलकुल सही समझती हूं।–श्रीमती जेम्स डी. ब्राउन।"

न्यूयार्क में उच्च वर्ग की महिला ने एक बैंक में अदायगी के लिए एक चैक पेश किया और बैंक वाले ने उससे कहा कि इस पर हस्ताक्षर नहीं हैं। "अच्छा, क्या इन पर हस्ताक्षर भी करने पड़ते हैं?" वह बोली, "बैंकों के काम में कैसी झंझटवाली लालफीताशाही चल रही है।"

मैं एक महिला को जानता हूं, जिसके पति ने बैंक में उसके लिए रुपए जमा करा दिए और उसे एक चैक बुक दे दी जिससे वह उससे रुपया बिना मांगे अपने बिलों का पैसा चुका सके। एक दिन उसे बैंक से यह सूचना मिली कि उसने जमा से अधिक रकम निकाल ली है। वह बैंक गई और बैंकवाले से बोली कि बैंक में कोई ग़लती हो गई दिखती है, क्योंकि अभी तो मेरी चैक बुक में बहुत-से चैक बाक़ी हैं। उसे व्यापार के तरीकों के बारे में कुछ पता नहीं था और समझती थी कि जब तक सब चैक ख़त्म नहीं होते, तब तक वह चाहे जितना रुपया निकाल सकती है।

यह बात उपहास–योग्य और प्रायः अविश्वसनीय लगती है, फिर भी जो लड़की इस पर हंसती है, वह इससे भी अधिक बेहूदी गलतियां कर सकती है। बहुत-सी सुसंस्कृत स्त्रियों से किसी अटार्नी या चालाक व्यापारी द्वारा तैयार किए गए किसी महत्त्वपूर्ण दस्तावेज़ पर दस्तख़त कर देने के लिए कहा जाए तो वे उसे बिना पढ़े या यह भी बिना पूछे कि उसमें क्या लिखा है, उस पर दस्तख़त कर देगी और बाद में सामने आए परिणामों से उन्हें यह पता चलेगा कि दस्तख़त करके वे अपनी सारी संपत्ति से हाथ धो बैठी हैं और उन्होंने अपने-आपको स्वयं अपने घर से बाहर निकाल दिया है। कुछ ही समय पहले मैंने एक ऐसी महिला का मामला पढ़ा था जो बीस हज़ार डालर का एक मुकदमा जीत गई थी। परंतु नई गवाही पेश की गई जिस पर अदालत ने तुरंत अपना फ़ैसला उलटकर यह सिद्ध कर दिया कि उस महिला ने झूठी शपथ खाई थी। उसे अपने झूठी शपथ खाने की बात का ज़रा भी पता नहीं था, पर उसने शपथ खाकर यह बात कही थी कि इस दस्तावेज़ पर उसने कभी हस्ताक्षर नहीं किए। वह दस्तावेज़ पेश किया गया और यह देखकर उसे बड़ा आश्चर्य हुआ कि उस पर उसके हस्ताक्षर मौजूद थे। उसने तुरंत यह स्वीकार कर लिया कि वे हस्ताक्षर उसी के हैं, यद्यपि उसी समय वह शपथ खाकर कह चुकी थी कि मैंने उस काग़ज़ पर कभी हस्ताक्षर नहीं किए। ऐसा लगता था कि उसके पति के जीवन-काल में, जब कभी काग़जों पर हस्ताक्षर करने होते थे, तब उसका पति उसे बता देता था कि उसे किस जगह अपना नाम लिखना है और काग़ज़ों में लिखी बात के बारे में कुछ भी बिना जाने, बताई हुई जगह पर हस्ताक्षर कर देती थी।

बहुत–से लोग अपने वकील या एजेंट को पूरी 'पावर ऑफ अटार्नी' देने के कारण मुसीबत में पड़े हैं। बहुत ही थोड़े व्यवहारशून्य लोग विशेष रूप से स्त्रियां, 'पावर ऑफ अटार्नी' का पूरा अर्थ समझती हैं, जिससे दूसरे व्यक्ति को आपकी संपत्ति के बारे में उस तरह सब कुछ करने का अधिकार मिल जाता है, मानो वह उसकी अपनी है या जैसे फिलहाल उसने अपना शरीर धारण कर लिया है। वह

किसी भी काग़ज-पत्र पर आप की ओर से हस्ताक्षर कर सकता है। वह आपको जिस चीज़ का चाहे, उसका पाबंद कर सकता है। वह आपके बैंक से रुपया निकाल सकता है। सब व्यापार-कार्यों में वह आपके नाम से अपने-आपको पेश कर सकता है। संक्षेप में, जहां तक व्यापार-कार्यों का संबंध है, वह व्यवहार और क़ानून दोनों की दृष्टि में आपके स्थान पर खड़ा है। **'पावर ऑफ अटार्नी' पर हस्ताक्षर कर देना दूसरे के हाथ में एक बड़ी भारी शक्ति देना है और लोगों को इस बारे में बड़ा सावधान होना चाहिए कि हम वह शक्ति किसे दे रहे हैं। यह ऐसे व्यक्ति के अलावा और किसी को नहीं देनी चाहिए जिसकी ईमानदारी संदेह से परे हो तथा व्यापार, मनुष्यों और व्यवहारों के बारे में जिसका ज्ञान जांचा-परखा और प्रमाणित हो।**

"अजी, मैंने विदेश जाने से पहले एक काग़ज़ पर दस्तख़त करके उसे पूरी 'पावर ऑफ अटार्नी' दे दी थी। मैंने सब कुछ उसके विश्वास पर छोड़ दिया था और जब मैं वापस लौटा, तब करीब-करीब सब कुछ चला गया था। मेरे व्यापारिक मामले इतने उलझे हुए हैं कि मेरे पास उस आदमी पर मुकदमा करने के लिए भी पैसा नहीं, जिसका मैंने विश्वास किया था।" यह एक आदमी के बिगड़े हाल की संक्षिप्त कहानी है।

स्त्रियां प्रायः बड़ी-बड़ी धन-राशियां दे देती हैं और कभी रसीद मांगने की बात नहीं सोचतीं, विशेष रूप से तब जब वे मित्रों या अच्छी तरह जाने-पहचाने लोगों से लेन-देन कर रही हों। परंतु समझदार औरतों को यह जानना चाहिए कि व्यवसाय कैसे किया जाता है। इसका एक बहुत अच्छा अदाहरण अमरीका की सरकार है। वह राष्ट्रपति रूज़वेल्ट की ईमानदारी पर संदेह नहीं करती, फिर भी उन्हें वेतन के लिए कम से कम तनख्वाह पाने वाले सरकारी नौकर की तरह ही एक वाउचर पर हस्ताक्षर करने पड़ते हैं। अमरीकी उच्चतम न्यायालय के न्यायाधीश भी, जो सचाई की साक्षात मूर्ति समझे जाते हैं; और सब बड़े मामलों में अंतिम निर्णय कर्ता होते हैं, बिना रसीद दिए अपनी तनख्वाह नहीं ले सकते।

अगर अमरीका के हर एक बच्चे को व्यवसाय की अच्छी शिक्षा मिले, तो लाखों चालाक और धूर्त धोखेबाज़ एजेंट, जो जनता के अज्ञान की रोटी खाते हैं, बेरोज़गार हो जाएंगे।

मैं समझता हूं कि व्यवसाय की शिक्षा देनेवाले कालिज आज की अमरीकन सभ्यता के सबसे बड़े वरदानों में से हैं, क्योंकि अपने शिक्षण द्वारा उन्होंने हज़ारों घरों को बिगड़ने से बचाया है और लाखों आदमियों को सुखी बनाया है, जो उनके न होने पर ग़रीबी और मुसीबत में रह रहे होते।

व्यवसाय के व्यावहारिक सिद्धांतों के विषय में यह अज्ञान सबसे

पढ़े-लिखे लोगों में बहुत अधिक व्यापक होता है। मैं ऐसे अनेक पादरियों, पत्रकारों, लेखकों, डाक्टरों और अध्यापकों को जानता हूं, जिन्हें व्यवसाय के मामलों में अपनी असमर्थता के कारण गंभीर परेशानी उठानी पड़ी है। उनमें से कुछ को यह पता नहीं था कि मामूली से मामूली व्यावसायिक वाक्यों का अर्थ कैसा लगाया जाए।

कुछ ही समय पहले हारवर्ड का एक स्नातक, जो अध्यापक के रूप में एक बड़े महत्त्वपूर्ण पद पर काम कर रहा था, व्यवसाय सिखानेवाले स्कूल के अध्यक्ष के पास गया और उससे कहा कि मुझे धन, नोट आदि के संभालने के बारे में कुछ शिक्षा दीजिए। उसने कहा कि जब मैं अपने बैंक गया और मैंने बैंकवालों से पूछा कि वहां मेरा कितना रुपया है, तो वे मेरी बात पर हंस पड़े और जब बैंक का एक ड्राफ्ट मेरे पास आया, मेरी समझ में न आया कि उसका क्या करूं।

इस कठोर, भावनाशून्य, व्यावहारिक, रोज़ाना की दुनिया में आपके लिए अच्छी, ठोस व्यावसायिक शिक्षा से बढ़कर उपयोगी कोई चीज़ नहीं होगी। किसी भी व्यापार, रोज़गार या पेशे में आपकी सफलता जितनी टैक्निकल शिक्षा पर निर्भर होगी, उतनी ही मनष्यों और सांसारिक काम-काज के बारे में आपके व्यापक ज्ञान पर निर्भर होगी।

आपका कोई भी रोज़गार हो, पर आपको सबसे पहले व्यापारी होना चाहिए; अन्यथा जीवन के व्यावहारिक मामलों में आपको सदा बड़े नुकसान में रहना पड़ेगा। **जीवन के भोजन-विषयक पहलू की तरह धन-विषयक पहलू की भी पूरी तरह उपेक्षा नहीं की जा सकती,** और क्रियात्मक सफल जीवन की असली बुनियाद अपने धन-संबंधी पहलू की प्रभावकारी व्यवस्था की रीति जानने की योग्यता ही है।

रुपया कमाने की अपेक्षा उसे बचाना और समझदारी से किसी काम में लगाना कहीं अधिक कठिन है और यदि बहुत अधिक व्यवहारदर्शी लोगों को–उन लोगों को भी जिन्होंने वैज्ञानिक व्यावसायिक विधियों की बहुत दिनों तक शिक्षा पाई है–रुपया पैदा कर लेने के बाद उसे संभाले रखना कठिन मालूम होता है, तो उन लोगों का क्या हाल होगा जिन्हें व्यवसाय के तरीकों की प्रायः कुछ भी शिक्षा नहीं मिली?

लोगों को परखो

ईरान को जीत लेने के बाद सिकंदर एकाएक बहुत बीमार हो गया। उसके एक सेनापति ने उसे एक पत्र भेजा जिसमें लिखा था कि उसका इलाज करनेवाले डाक्टर ने उसे ज़हर देने का इरादा कर रखा है। उसने पत्र पढ़कर ज़रा भी घबराहट नहीं प्रकट की और उसे अपने तकिए के नीचे रख दिया। जब डाक्टर आया और उसने दवा तैयार की, सिकंदर ने उससे कहा कि मैं अभी दवा नहीं पिऊंगा। परंतु उसे ऐसी जगह रखने के लिए कह दिया जहां सिकंदर का हाथ पहुंच सके, और साथ ही उसे अपने सेनापति का पत्र दे दिया। सिकंदर कोहनी के बल ऊंचा होकर डाक्टर के चेहरे को बड़ी पैनी नज़र से देखने लगा, पर उसमें भय या अपराध का नाम–निशान भी नहीं दिखाई दिया। उसने तुरंत हाथ बढ़ाकर दवा की शीशी उठा ली और बिना कुछ बोले दवा पी ली। चकित डाक्टर ने उससे पूछा कि ऐसा पत्र पाने के बाद आपने दवा कैसे पी ली? सिकंदर ने कहा, "क्योंकि तुम ईमानदार आदमी हो।"

सिकंदर मनुष्य की प्रकृति का गहरा अध्ययन करनेवाला आदमी था। वह मनुष्यों को और उनके प्रेरक भावों को जानता था। वह मनुष्य के हृदय को खुली पुस्तक की तरह पढ़ सकता था।

नेता के लिए सबसे बड़ी कला यह है कि उसे लोगों को जांचने-परखने, उनके सामर्थ्य का अंदाज़ा लगाने और उन्हें ऐसे स्थानों पर नियुक्त करने की योग्यता हो जहां उनकी शक्ति उपयोग में आए और उनकी कमज़ोरी किसी प्रकार की हानि न पहुंचा सके।

एंड्रू कारनेगी ने अपनी कब्र पर लिखने जाने के लिए यह वाक्य चुना है: 'यहां वह आदमी सो रहा है जो यह जानता था कि अपने से कहीं अधिक चतुर लोगों को किस तरह अपने प्रभाव में रखा जाए।

लोग यह आश्चर्य करते हैं कि कुछ व्यक्ति ऐसे बड़े-बड़े कारखाने और कारबार कैसे चला लेते हैं। इसका रहस्य यह है कि वे एक विशाल प्रणाली के द्वारा अपने-आपको प्रस्तुत कर सकते हैं और ऐसे लोगों का चुनाव कर सकते हैं जो उक्त स्थानों के लिए उपयुक्त हों और अपने मालिक के कार्यक्रम को पूरा करने में सहयोग कर सकें।

मार्शल फील्ड सदा अपने कर्मचारियों का अध्ययन किया करता था और उनका भविष्य पढ़ने की कोशिश करता था। उसकी पैनी नज़र से कुछ भी नहीं बच पाता था। जब उसके कर्मचारी जानते भी नहीं थे कि वह उनके बारे में सोच रहा है, तब भी वह हर मौके पर उनकी जांच-परख करता रहता था। लोगों को उपयुक्त स्थान पर नियुक्त करने, उनको जांचने-परखने, सारे दिखावटी रूप को भेद कर लोगों का सही अंदाज़ा लगाने की उसकी योग्यता प्रतिभा की कोटि तक पहुंची हुई थी। जब उसे काउंटर पर कोई पहलेवाला आदमी न दिखाई देता तब वह प्रायः अपने मैनेजर से पूछता कि उस आदमी का क्या हुआ। जब उसे यह बताया जाता कि उसकी पद-वृद्धि कर दी गई, तब वह उस पर नज़र रखता और अंत में जब वहां भी वह दिखाई न देता तब फिर पूछता कि अब वह कहां है। वह सदा यह देखने को उत्सुक रहता है कि वह मनुष्य उसके अंदाज़ के अनुसार कहां तक पहुंचता है। इस प्रकार वह अपने होनहार कर्मचारियों पर नज़र रखता है और उनकी पद-वृद्धि के बारे में सतर्क रहता। इस प्रकार वह मनुष्य-स्वभाव को पढ़ सकने में निपुण हो गया।

कभी-कभी फील्ड किसी पद के लिए किसी आदमी को छांट लेता जिसके चुनाव को उसके सलाहकार ग़लत समझते थे, पर वह सदा सही सिद्ध होता था क्योंकि उसमें पहचानने की दूसरों से अधिक शक्ति थी। वह प्रार्थी के अपने कथन या दावों पर अधिक ध्यान नहीं देता था, क्योंकि वह गहराई तक देख सकता था और असली आदमी को परख सकता था। किसी मनुष्य की मानसिक सामर्थ्य को नापने की उसमें अद्भुत शक्ति थी। वह उसकी शक्ति की दिशा भी देख सकता था और कमज़ोरियां भी पहचान सकता था, जो बहुत थोड़े लोग कर पाते हैं।

एक बार एक कर्मचारी ने स्वयं अपना व्यापार करने के लिए एकाएक इस्तीफा दे दिया। वह व्यक्ति अनेक वर्षों से उसका जनरल मैनेजर रहा था। ज़रा भी संकोच या चिंता किए बिना फील्ड ने एक आदमी को अपने दफ्तर में बुलाया जिस पर उसकी बहुत दिनों से नज़र थी, पर उस आदमी को इसका कुछ पता नहीं था। बहुत मामूली बातचीत करके उसने उसे जनरल मैनेजर बना दिया। उसे अपनी जांच के सही होने का इतना अधिक विश्वास था कि अगले ही दिन वह जहाज़ पर सवार होकर यूरोप रवाना हो गया। उसने रुककर यह देखने की ज़रूरत भी नहीं

समझी कि उसका नया मैनेजर कैसा निकलता है। उसका विश्वास था कि उसने सही आदमी रखा है और उस पर विश्वास किया जा सकता है। सचमुच उसे निराश नहीं होना पड़ा।

जो लोग बहुत बड़ी सफलता पाने का सामर्थ्य रखते हैं, वे इतनी समझ अवश्य रखते हैं कि हम सब कुछ नहीं जानते। वे ऐसे लोगों को नौकर रखते हैं जो उस काम को करने में समर्थ हों जिसमें वे स्वयं कमज़ोर हैं। वे अपने चारों ओर ऐसे आदमी जमा रखते हैं, जिनमें वह योग्यता हो जिसका उनके अपने अंदर अभाव है, जो उनकी कमज़ोरी और त्रुटि की पूर्ति अपनी शक्ति और योग्यता से कर सकते हैं। इस प्रकार अपनी संयुक्त शक्ति से वे एक प्रभावशाली बल बन जाते हैं।

बहुत-से मनुष्य-स्वभाव को पढ़ने में असमर्थ होने के कारण अपने जैसे कमज़ोरी वाले कर्मचारी रख लेते हैं और इस प्रकार अपनी असफलता के अवसर बढ़ा लेते हैं। बहुत थोड़े लोग अपनी कमज़ोरियां और सीमाएं देख पाते हैं। और जो नहीं देख पाते वे अपने-आपको ऐसे लोगों से घेर लेते हैं जिनके चरित्र में उनकी ही जैसी कमज़ोरियां होती हैं, जिसका परिणाम यह होता है कि उनकी सारी संस्था कमज़ोर हो जाती है।

नेता को दूसरों के बारे में निर्णय करने में ही समर्थ नहीं होना चाहिए, उसे स्वयं को पढ़ने में, अपनी क्षमताओं और कमज़ोरियों की सूची बना सकने में भी समर्थ होना चाहिए।

ऊंचे पदों पर चुने गए या बड़ी कंपनियों के बहुत महत्त्वपूर्ण पदों पर नियुक्त किए गए लोग बहुधा अपने ऊपर लगाई गई आशाएं केवल इस कारण पूरी न कर सके क्योंकि वे लोगों की जांच नहीं कर सकते थे। वे सुशिक्षित थे, ख़ूब जानकार थे, तीव्रबुद्धि थे और व्यापक योग्यता से संपन्न थे, पर उनमें मनुष्यों को पढ़ने, जांचने और परखने तथा उनको उपयुक्त पदों पर नियुक्त करने के कौशल का अभाव था।

ग्रांट, सेनापति और सैनिक नेता बनने के लिए उपयुक्त था, पर जब वह राष्ट्रपति बन गया, तब उसे अजीब लगा। उसकी महान शक्ति हाथ से निकल गई थी। वह अपनी सबसे बड़ी योग्यता का उपयोग नहीं कर सकता था। उसे मित्रों की सलाह पर अधिक निर्भर होने के लिए आभारी होना पड़ता था। परिणाम यह हुआ कि राष्ट्रपति बनकर वह अपनी पुरानी महान ख्याति कायम नहीं रख सका जो उसने सेनापति रहकर बनाई थी।

यदि उसमें राजनीतिज्ञों को जांचने और सरकारी पदों पर नियुक्ति के लिए आदमियों को परखने की वही योग्यता होती, जो सैनिक योग्यता जांचने में थी, तो

वह महान राष्ट्रपति सिद्ध होता। पर वह उस पद पर, जिसके लिए प्रकृति ने उसे नहीं बनाया था, रहता हुआ अपनी कमज़ोरी महसूस करता था और उसने अपने-आपको अपने मित्रों के हाथों में छोड़ देने की घातक भूल की।

अपना स्वतंत्र कार्य आरंभ करनेवाले नौजवान को दूसरों को समझने की, अपनी शक्ति और चरित्र को पढ़ने की योग्यता की जांच करनी चाहिए। उसे लोगों का अध्ययन करने, उनकी सामर्थ्य को जांचने और उन्हें चलानेवाले प्रेरक भावों को परखने–इन सबको अपना कार्य-क्षेत्र बना लेना चाहिए। उसे उनके कामों को बारीकी से देखना चाहिए, छोटी-छोटी बातों को देखकर उनकी प्रवृत्तियों पर गौर करना चाहिए और उन्हें खुली पुस्तक की तरह पढ़ना सीखना चाहिए।

मनुष्य के बिना सोचे किए गए कार्यों और स्वाभाविक तरीके से उसके बारे में जो सूचना मिलती है, वह उसकी सोच-विचार कर की गई बात से नहीं मिलती। आंख झूठ नहीं बोल सकती। वह सब भाषाओं में सत्य ही बोलती है। वह प्रायः ज़बान की बात काट देती है। उधर मनुष्य शब्दों से आपको धोखा देने की कोशिश कर रहा है, और इधर आंखें सच्ची बात कह रही हैं। मनुष्य के कार्य उसके असली रूप के सूचक हैं, जबकि ज़बान केवल उसका कूटनीतिक रूप या नाट्य करनेवाला रूप ही प्रकट करती है।

न्यूयार्क का एक बहुत सफल व्यापारी, जिसकी मनुष्यों को पढ़ने की योग्यता के विषय में प्रसिद्धि थी किसी महत्त्वपूर्ण पद के लिए उम्मीदवार का कभी-कभी बहुत देर तक अध्ययन करता। वह स्वयं बहुत कम बोलकर उस आदमी को अपना भीतरी रूप प्रकट करने का मौका देता, उसकी हर चेष्टा को ध्यान से देखता, प्रत्येक शब्द की परख करता और आंख की हर भंगिमा के पीछे मौजद भाव को पढ़ने की चेष्टा करता। उसकी हर चेष्टा उसके लिए वर्णमाला के वर्ण थे, जिनसे वह असली आदमी को पहचानता। अनेक बार जब वह किसी आदमी की जांच कर रहा होता था, तब मैं उसके दफ्तर में मौजूद रहता। उसके चेहरे को देखने से बड़ा सबक मिलता था जिससे ऐसा लगता था कि वह उम्मीदवार को अंदर तक देख रहा है, उसे अपने निर्णय की तराजू पर तोल रहा है, उसकी आत्मा के भीतर गहरे तक पहुंच रहा है और उसकी योग्यता और शक्तियों का बड़ी बारीकी से अंदाज़ा लगा रहा है।

कुछ मिनट की बातचीत के बाद उस आदमी के चले जाने पर वह मुझे बताता था कि यह आदमी कितना बड़ा है, यह कितना काम करने में समर्थ है, इसका भविष्य और सीमाएं क्या हैं; और उसकी बात शायद ही कभी ग़लत निकलती हो। मैं ऐसे किसी आदमी को नहीं जानता जिसके बारे में उसने कहा हो कि इसमें कुछ नहीं है और वह सफल हुआ हो। और ऐसे आदमी का भी मुझे पता नहीं जिसे

उसने पूरी तरह पास कर दिया हो और वह असफल हुआ हो।

ऐसे व्यवसाय-संस्थानों के अध्यक्षों को हम सब जानते हैं जो गुलामों की तरह काम करते हैं, मेहनत करते और बचाते हैं, फिर भी बहुत सफलता केवल इस कारण नहीं प्राप्त कर पाते क्योंकि वे सही ढंग के आदमियों को अपने चारों ओर जमा करना नहीं जानते।

कुछ लोग अपनी दुकानों और कारखानों में पद्धति और व्यवस्था पैदा करने में असमर्थ मालूम होते हैं। वे अपना काम अच्छी तरह कर देंगे पर इसके बाद उनकी चरम सीमा आ जाएगी। वे मनुष्य-प्रकृति के अच्छे जानकार नहीं होते। उनकी नज़र पैनी नहीं होती। वे बातचीत की शक्तियों से, शिक्षा के प्रदर्शन से गुमराह हो जाते हैं और जिस पद पर केवल व्यवहारदर्शी आदमी सफल हो सकता है, उस पर वे अधिकतर सिद्धांतदर्शी व्यक्ति को नियुक्त कर देते हैं। वे किसी बड़े सुसंस्कृत और नाजुक-मिज़ाज आदमी को ऐसे पद पर रख देते हैं जिस पर किसी ज़बरदस्त इच्छाशक्ति और कठिन संघर्ष से न डरनेवाले आदमी की ज़रूरत होती है। सफल, दक्ष प्रबंध के लिए तो भावुकता-शून्य तथा कार्य में प्रगति करनेवाली व्यावसायिक विधियों को अपनाने की आवश्यकता है, जिनसे अतिभावुक आदमी पीछे हटेगा और संकोच करेगा।

लोग प्राय: मानव-प्रकृति को नहीं पढ़ सकते और चरित्र को एक दृष्टि से नहीं परख पाते। यही कारण है कि वे अनेक प्रकार की दुर्भाग्यपूर्ण स्थितियों, उलझे हुए समझौतों और तंगी तथा परेशानी पैदा करनेवाली परिस्थितियों में जा पड़ते हैं। हर जगह अच्छे आदमियों पर ये लोग छा जाते हैं, और अच्छे आदमी मनुष्य-प्रकृति के बारे में अपने अज्ञान के कारण तरह-तरह के कामों में मूर्खतापूर्ण ढंग से रुपया लगाकर उसे नष्ट कर लेते हैं। वे नकाब के पीछे छिपे बदमाश और धूर्त को नहीं देख पाते। उनमें बारीकी से परखने की शक्ति और भेड़ की खाल ओढ़े हुए भेड़िये को देखने की सामर्थ्य नहीं होती। मनुष्य-प्रकृति का ज्ञान धन और चरित्र का रक्षक तो है ही, कपट और धोखाधड़ी से बचानेवाला भी है। इसका महत्त्व जितना समझा जाए, उतना ही थोड़ा है।

भोले लोग मनुष्य-प्रकति को नहीं पढ़ पाते और इसीलिए उनके धोखे में फंसने की गुंजाइश रहती है। चिकनी-चुपड़ी बातें करनेवाले चालाक दलाल मनुष्य-प्रकृति के अच्छे परखैया होते हैं और जब वे किसी अच्छे स्वभाव और उदार हृदयवाले प्रोफेसर, विद्वान, पादरी या कलाकार से मिलते हैं–जो व्यापार की बातों के बारे में बहुत कम जानते हैं और हर किसी पर विश्वास कर लेते हैं–तब वे बड़ी जल्दी उस पर अपना प्रभाव डाल लेते हैं। वे जानते हैं कि यदि उन्हें केवल एक मौका मिल जाए तो वे ऐसे आदमी को प्रायः किसी भी बात का विश्वास दिला

सकते हैं। वे जानते हैं कि वह उनकी हंस-हंसकर कही हुई बातों का और मनुष्यों के बारे में उनके सूक्ष्म ज्ञान का आसानी से शिकार हो जाएगा।

ये दलाल अपनी धूर्ततापूर्ण योजनाएं किसी चतुर ठंडे दिमाग वाले व्यापारी के पास ले जाने की बात नहीं सोचते, क्योंकि मनुष्य-प्रकृति को समझने में उसकी नज़र बड़ी गहरी, पैनी और निपुण होती है। अधिक संभव है, ऐसा आदमी नक़ाब को भेदकर उसके पीछे की चीज़ देख लेगा और उसके चिकने-चुपड़े और मीठे शब्दों और प्रलोभन पैदा करनेवाले मीठे व्यवहार के पीछे छिपे हुए असली प्रेरक भाव को समझ लेगा।

एक दृष्टि में लोगों को परख सकने की योग्यता व्यापार में बड़े काम की चीज़ है। मनुष्य-प्रकृति की परख करने में निपुण होना नए वकील के लिए उतना ही ज़रूरी है जितना क़ानून की जानकारी; डाक्टर के लिए उतना ही महत्त्वपूर्ण है चिकित्सा-शास्त्र का ज्ञान। **जो आदमी मनुष्य-प्रकृति को परख सकता है, जो किसी व्यक्ति को जल्दी से जांच लेता है, जो चरित्र का ठीक अंदाजा लगा सकता है, फिर वह चाहे किसी पेशे में हो, उसे दूसरों के मुकाबले बड़ी सुविधा रहती है।**

कुछ लोगों में तो मनुष्यों को ठीक-ठीक परख लेने की शक्ति निसर्ग-वृत्ति की कोटि तक पहुंची होती है। वे सब आडंबरों को पार करके, सब नकाबों को चीर कर असलियत पकड़ लेते हैं। वे मनुष्य का असली रूप देख लेते हैं और उसकी सही कीमत जांच लेते हैं।

चरित्र को परखने की इस शक्ति से संपन्न आदमी काम की तलाश करनेवाले व्यक्ति की बातों पर तनिक भी ध्यान नहीं देता। वह स्वयं अपनी आंखों से देख सकता है। उसके लिए मनुष्य-प्रकृति एक खुली पुस्तक है; जबकि दूसरों के लिए वह बंद होती है। जिनमें मुंह से कही गई बातों की तह तक जाने की योग्यता नहीं होती। उन्हें अधिकतर उन्हीं बातों को मानना पड़ता है जो वह अपने बारे में बता रहा है। उन्हें सदा धोखा दिया जा रहा होता है। वे बड़े घटिया मालिक सिद्ध होते हैं।

मैं एक सर्वप्रिय व्यापारी को जानता हूं जो अनेक दृष्टियों से बड़ा योग्य है, और जो उसे जानते हैं वे सब उससे बड़ा प्यार करते हैं। पर उसने मनुष्य-प्रकृति के बारे में अज्ञान के कारण सदा हानि उठाई है। वह दूसरों के मन के भाव नहीं पढ़ सकता और दूसरों की कुछ काम कर सकने की सामर्थ्य की जांच-परख नहीं कर सकता। अगर कोई उम्मीदवार अच्छी तरह बातचीत करता है तो वह तुरंत इस नतीजे पर पहुंच जाता है कि वह उस पद के लिए ठीक है। वह उसे रख लेता है और प्रायः उसे निराश होना पड़ता है। उसमें पादरियों के लिए जिन्हें स्वास्थ्य बिगड़

जाने या अन्य कारणों से अपने पद छोड़ने पड़े हैं, और इसी प्रकार पहले अध्यापक या प्रोफेसर रहे लोगों से बड़ी सहानुभूति है। परिणाम यह है कि उसके पास ऐसे व्यवहारशून्य लोगों की भीड़ लगी हुई है जो प्रगतिशील वैज्ञानिक व्यवसाय-निर्माण की कुछ भी जानकारी नहीं रखते।

अपने परिचय में आनेवाले लोगों को जांचने-परखने की आदत डालना अपने-आपमें एक शिक्षा है, क्योंकि इस प्रकार हम अपनी निरीक्षण की शक्ति को सबल बनाते हैं, दूसरों को समझने की अपनी योग्यता को पैना करते हैं और अपनी निर्णय-शक्ति को उन्नत करते हैं। मनुष्य-प्रकृति को पढ़ने की योग्यता अभ्यास से पैदा की जा सकती है और उस देश में जहां तरह-तरह के लोगों की आबादी है, वहां विभिन्न प्रकार के चरित्रों का अध्ययन करने के लिए बड़ा मौका है।

हममें से अधिकतर लोग–विशेष रूप से बड़े नगरों में रहनेवाले, जिनमें हमारा हर समय नए आदमियों से संपर्क होता है–प्रायः हर समय एक अद्भुत स्कूल में रहते हैं। यह मनुष्य-प्रकृति को पढ़ने और प्रेरक भावों का अध्ययन करने में निपुण होने के लिए कैसा अच्छा मौका है।

चेहरा, आंख, तौर-तरीका, चाल-ढाल, मुद्राएं–ये सब चित्रलिपि में लिखे गए लेख होते हैं जिनका अर्थ हम समझ लें तो हमें चरित्र का पता चल जाए। कभी-कभी जबकि दूसरा आदमी सचेत नहीं है, उसकी आंख की एक नज़र से ही आपको उसके अंदर तक की झांकी मिल जाएगी और वे रहस्य प्रकट हो जाएंगे जो वह अपनी ज़बान से कहने का कभी साहस भी नहीं करेगा। चेहरे के भाव और तौर-तरीके–विशेष रूप से तब जब लोग सावधान न हों, या उन्हें यह ध्यान न हो कि हम पर किसी की नज़र है–चरित्र को बड़ा स्पष्ट कर देते हैं।

जब चेहरे के भाव पढ़ने, चरित्र और मानव-प्रकृति का अर्थ लगाने में आप निपुण हो जाएंगे, तब आप देखेंगे कि आपमें उन चीज़ों को देख लेने की अद्भुत कुशलता पैदा हो गई है जिन पर आपने कभी ध्यान नहीं दिया था। आप दलालों और उन धूर्त आदमियों से अपनी रक्षा कर सकेंगे जो आपको ऐसे कामों में फंसाने का यत्न कर रहे हैं, जो आपके लिए तो लाभप्रद शायद न हों, पर उनके लिए अवश्य लाभदायक होंगे। **आप मित्रता और दोहरी नीति या दिखावटी दोस्ती में अंतर कर सकेंगे। आप हज़ारों परेशानियों, चिंताओं और अपमानों से, जो आपके जीवन को हानि पहुंचा सकते हैं; अपनी रक्षा कर सकेंगे।** आज कितने ही लोग ग़रीबी में रह रहे हैं, मुसीबत में फंसे हैं, और बेघर हैं, क्योंकि वे मनुष्य-प्रकृति की परख नहीं कर सकते और उन्हें अपनी संपत्ति और अधिकारों से वंचित कर दिया गया है।

झूठ और सच का अंतर पहचान सकना, लोगों की ठीक कीमत लगा सकना, उनके सही गुणों को महत्त्व दे सकना, असली और नक़ली में फ़र्क कर सकना एक ऐसी योग्यता है जो आपके लिए इस व्यावहारिक शक्ति से शून्य कालिज-शिक्षा की अपेक्षा कहीं अधिक मूल्यवान है और आपको असफलता के बजाय सफलता पर तथा दुःख के बजाय सुख पर पहुंचा सकती है।

गरीबी से दूर रहो

"जो लोग बदक़िस्मती से धनिकों के बेटे हैं; वे दौड़ में भारी बोझ उठाकर दौड़ रहे हैं," ऐंड्रू कारनेगी ने लिखा है, "धनियों के अधिकतर बेटे उन प्रलोभनों का मुकाबला नहीं कर पाते जो दौलत के कारण उनके सामने आते हैं और वे बुराई के जीवन में पड़ जाते हैं। गरीबी में जीवन शुरू करनेवाले को इस वर्ग से मुकाबले का खतरा नहीं होता। धनियों के बेटे आप (गरीब लड़कों) को कभी बहुत तकलीफ़ नहीं देंगे, पर ध्यान रखो कि कुछ आप से भी अधिक ग़रीब लड़के, जिनके माता-पिता उन्हें स्कूल भेजने की हैसियत नहीं रखते, आपको चुनौती देकर आपसे आगे न निकल जाएं। उस लड़के को देखो जिसे मामूली स्कूली शिक्षा के बाद सीधा काम में जुटना पड़ता है और जो दफ़्तर में झाड़ू लगाने से अपना जीवन शुरू करता है। शायद वही विजय पाने वाला घोड़ा होता है, जो सारा धन ले जाएगा और सारी प्रशंसा प्राप्त करेगा।"

गरीबी से दूर रहने का संघर्ष मनुष्य को बड़ा उन्नत करता है। अगर हर मनुष्य राजसी ठाट-बाट में पैदा होता, यदि उस पर काम करने की ज़िम्मेदारी न होती, तो मनुष्य-जाति अब भी बचपन की ही हालत में होती। यदि इस देश में हर कोई जन्म से ही धनी होता तो हमारे यहां अंधकार-युग की अवस्थाएं होतीं, हमारे देश की विपुल संपदा अब भी अविकसित होती, सोना अब भी खानों में पड़ा होता और हमारे महान नगर अब भी जंगल और पहाड़ होते। **सभ्यता का विकास और किसी चीज़ से इतना नहीं हुआ जितना मनुष्य के ग़रीबी से दूर रहने के सतत संघर्ष से। हमारी रचना इस तरह हुई है कि हम अपने दिल की चीज़ प्राप्त करने के लिए संघर्ष करते हुए ही अधिक से अधिक परिश्रम और प्रयत्न करें। अधिकतर लोगों के लिए किसी कार्य की अनिवार्य आवश्यकता हुए बिना, अधिकतम परिश्रम करना व्यवहारतः असंभव होता है।** अपनी हालत

सुधारने की निरंतर आवश्यकता ने ही मनुष्य को आगे बढ़ने के लिए प्रेरित किया और सारी मनुष्य-जाति की दृढ़ता और चरित्र-बल का विकास किया है। इतिहास में उन लोगों की असफलताओं की कहानियां भरी पड़ी हैं, जिन्होंने दौलत से जीवन का आरंभ किया था; और दूसरी ओर उन लोगों के उदाहरणों की भी कमी नहीं जिन्होंने आवश्यकता की चुभन की बदौलत ही सब कुछ प्राप्त किया।

संयुक्त राज्य अमरीका के इतिहास पर एक नज़र डालने से पता लगेगा कि उसके प्रत्येक क्षेत्र के सफल लोगों में से अधिकतर शुरू में ग़रीब लड़के थे। बैंजामिन फ्रैंकलिन, अलैग्जैंडर हैमिल्टन, ऐंड्रू जेक्सन, हेनरी क्ले, डेनियर वैब्स्टर, अब्राहम लिंकन, होरेस मैन, जार्ज पीबोडी, उलीसस, एस. ग्रांट, जेम्स ए. गारफील्ड–ये गुज़री हुई पीढ़ियों के महान पुरुषों में से कुछ थोड़े-से नाम हैं, जो बहुत कठिन वातावरण और अत्यधिक ग़रीबी से बहुत ऊंचाई पर पहुंचे। हमारे आजकल के सबसे अधिक उपयोगी और सफल लोग भी ग़रीबी और कठोर आवश्यकता के विद्यालय से ही निकले हैं। हमारे बड़े-बड़े व्यापारी, रेल-कंपनियों के अध्यक्ष, यूनिवर्सिटियों के अध्यक्ष और आविष्कारक, वैज्ञानिक, निर्माता और राजनेता–मानवीय व्यापार के प्रत्येक क्षेत्र के अधिकतर लोग आवश्यकता की प्रेरणा से ही आगे बढ़े हैं, और अपना अधिक से अधिक अच्छा उपयोग करने की इच्छा से ही ऊंचाई पर पहुंचे हैं।

भोग-विलास के बीच उत्पन्न और पाले-पोसे गए नौजवान में–जो सदा दूसरों का सहारा लेकर खड़ा हुआ है, जिसे अपनी रोटी के लिए कभी संघर्ष करके रास्ता बनाने को मजबूर नहीं होना पड़ा और जो बचपन से ही आराम में रहा है–मुश्किल से ही कभी महान दृढ़ता या जमे रहने की शक्ति पैदा होती है। वह विशालकाय ओक वृक्ष की तुलना में–जिसने बीज में अंकुरित होने के बाद अपना एक-एक इंच रास्ता आंधियों और तूफानों से संघर्ष करते हुए तय किया है–वन में खड़े हुए कमज़ोर पौधे की तरह है।

बल को दबाने पर शक्ति पैदा होती है। महान पुरुष कठिनाइयों से जूझते हुए ताकतवर बन जाता है। **जिसे बाधाओं से लड़ना और जूझना नहीं पड़ता, उसमें दृढ़ता या कठोरता पैदा होनी असंभव है। 'बिना परीक्षाओं के जीनेवाला अर्धविकसित ही मर जाता है।'**

चरित्र की शक्ति वह वस्तु है जो बाधाओं को निचोड़ने पर ही प्राप्त होती है। जीवन एक बड़ी व्यायामशाला है और जो आदमी कुर्सी पर बैठा अखाड़े और पैरलल बार आदि को देखता रहता है, उसमें मांस-पेशियों का या सहनशीलता का कभी विकास नहीं हो पाता। यदि कोई पिता स्वयं कसरत

करता रहे और उसका पुत्र बैठा रहे तो उसके पुत्र की मांस-पेशियां कभी भी विकसित नहीं हो सकती। पुत्र जब तक स्वयं मुद्गर नहीं घुमाएगा, तब तक वह कमज़ोर ही बना रहेगा। कितने ही पिता अपने लड़कों के बदले कसरत करने की कोशिश करते हैं, जबकि वे लड़के नरम बेंचों और कुर्सियों पर बैठकर उनकी कसरत देखते रहते हैं। फिर भी वे पिता यह देखकर आश्चर्य करते हैं कि उनके बेटे व्यायामशाला से बाहर आने पर कमज़ोर ही थे और उनकी मांस-पेशियां वैसी ही कोमल और ढीली-ढाली थीं जैसी उसके अंदर जाते समय थीं।

क्या यह अजीब बात नहीं कि इतने सारे सफल लोग–जो स्वयं निर्माता होने पर गर्व करते हैं और इसे सर्वाधिक ख़ुशकिस्मती की बात समझते हैं कि उनको अपने ही साधनों के सहारे खड़े होना पड़ा और उन्हें अपनी स्वतंत्रता और दृढ़ता तथा आत्म-विश्वास का विकास करने के लिए मजबूर होना पड़ा–अपने बच्चों को वही अनुभव हासिल करने से रोकने के लिए इतना प्रबल प्रयत्न करें? क्या यह अजीब बात नहीं कि वे उन्हें बैसाखियां दे दें जिससे बैसाखी के बिना चलना उनके लिए और भी कठिन हो जाए, वे उनके लिए परिश्रम करने को अनावश्यक बनाकर, उनकी हर कमी को पूरा करके और उनकी सब ओर से रक्षा करके उनकी शक्ति के विकास के सबसे ज़बरदस्त प्रेरक भाव से उन्हें वंचित कर दें।

एक प्रसिद्ध कलाकार से यह पूछा गया था कि आपके पास काम सीखने वाला उत्सुक नौजवान आपकी राय में एक महान पेंटर बन जाएगा या नहीं, तो उसने उत्तर दिया, "नहीं, कभी नहीं। उसे छः हज़ार पौंड वार्षिक की आमदनी है।" यह कलाकार जानता था कि बाधा डालनेवाली कठिनाइयों के साथ संघर्ष करने से ही शक्ति का विकास होता है, और दौलत के आराम में रहकर ज़बरदस्त मर्दानगी का विकास होना बहुत कठिन है। इस देश में बाहर से कितने ही नौजवान शिक्षा से हीन, हमारी भाषा से अपरिचित, मित्रों से शून्य और खाली हाथ आए थे, परंतु वे ऊंचे पदों और दौलत के शिखर पर पहुंच गए। उन्होंने इसी देश में उत्पन्न उन लाखों आदमियों को लज्जित कर दिया जिनके पास दौलत, शिक्षा और अवसर की हर सुविधा थी, पर जिनका नाम कभी सुनने में नहीं आया।

मेरे मन में इसी तरह के एक नौजवान की बात है जो कुछ समय पहले इस देश में आया था, और बिना किसी बाहरी सहारे के बहुत महत्त्वपूर्ण पद पर पहुंच चुका है। वह स्वयं शिक्षा पाए हुए, अपने अभ्यास से सीखे हुए, आत्म-अनुशासन प्राप्त आदमी का उल्लेखनीय उदाहरण है और अपने विकास की इस निरंतर प्रक्रिया ने उसके चरित्र को बड़ा ज़बरदस्त, निश्चयात्मक और आगे बढ़नेवाला बना दिया है। उसने अपनी छिपी शक्तियों को प्रकट किया है, और अपने कमज़ोर गुणों को

पुष्ट किया है। उसने अपनी मनोवृत्ति और आदर्श में से उन चीज़ों को छांटकर अलग कर दिया जो उसकी बाधाएं हैं और उसमें इतनी प्रबल गति पैदा हो गई कि वह क्या कुछ बन जाएगा, इसकी कोई अंतिम सीमा नहीं मालूम होती। अमरीका में पौरुष से कहां तक पहुंचा जा सकता है, इस बात का वह एक प्रेरणादायक उदाहरण है, जो उन ग़रीब लड़के-लड़कियों के सब बहानों को बेकार सिद्ध कर देता है जो यह समझते हैं कि उन्हें संसार में ऊंचा उठने का कोई मौका ही नहीं मिला। मैं ग़रीबी को अंतिम उद्देश्य के रूप में अच्छी चीज़ नहीं समझता और न इसके किसी लाभ का हामी हूं। **ग़रीबी का कोई महत्त्व नहीं। बस यह जीवन आरंभ करने के लिए उपयोगी है।** यह व्यायामशाला में रखे हुए साधनों की तरह मनुष्य का विकास करने के लिए ही अच्छी है। **अपने-आपमें यह एक अभिशाप और गुलामी है, पर यह ऐसी बड़ी चीज़ है जिससे दूर रहना चाहिए और यदि ईमानदारी और सचाई से इससे दूर रहने का यत्न किया जाए तो मनुष्य की विशाल छिपी शक्तियों का विकास होता है।**

गरीबी से दूर रहने की कोशिश करते हुए हमें प्रसंगतः जो कुछ प्राप्त हुआ, वह हमारी चाही हुई वस्तु अर्थात् जीविका या योग्यता से अधिक अच्छा और मूल्यवान था, यह बात हमें उस समय हमेशा नहीं समझ में आती। हम उस समय यह नहीं देख सके थे कि **आवश्यकता के साथ भारी संघर्ष करते हुए मनुष्य का जो ज़बरदस्त विकास हो जाता है, वह जीविका, धन या प्राप्त संपत्ति से हज़ार गुना अधिक मूल्यवान है।**

ग्रीवर क्लीवलैंड ने, जो कभी पचास डालर वार्षिक तनख्वाह पानेवाला गरीब क्लर्क था–ग़रीबी की, मनुष्य का विकास करनेवाली शक्ति के बारे में कहा है, "मानसिक गुणों का और सच्चे पौरुष के बलों का इतना सर्वांगीण और इतना फलप्रद विकास और उत्तेजन अन्य किसी चीज़ से नहीं होता जितना सुनियमित आकांक्षा और ग़रीबी की स्वास्थ्यजनक कठिनाइयों के मिलने से होता है।"

जिस छात्र को शिक्षा पाने के लिए कठोर से कठोर परिश्रम करना पड़ता है, वह उस शिक्षा से अधिकतम अनुशासन और अच्छाई प्राप्त कर सकता है। जो लड़के जन्म से विद्वान होते हैं, जिन्हें एक बार पढ़ते ही पाठ याद हो जाता है, और जो आसानी से परीक्षा पास कर लेते हैं, उन्हें अपनी पढ़ाई से उतना लाभ नहीं होता जितना उन लोगों को होता है, जिन्हें हर चीज़ सीखने के लिए कठिन परिश्रम करना पड़ता है। आमतौर से वे नौजवान जिन्हें नियमित आमदनी होती है और जिनके स्नेही माता-पिता उनकी हर ज़रूरत पूरी करते रहते हैं, अपने कालिज के अवसरों का सबसे अधिक उपयोग नहीं करते। वे लोग उनका सबसे अधिक उपयोग करते

हैं, जिन्हें अपना रास्ता अपने-आप बनाना पड़ता है, जिन्हें कालिज में अपना ख़र्चा चलाने के लिए बाहर परिश्रम करना पड़ता है, जिसके बिना उन्हें शिक्षा से वंचित रहना पड़ेगा।

यदि औसत दर्जे के नौजवान को ज़रूरत से मजबूर होकर काम न करना पड़े; यदि उसे, जो चीज़ वह चाहता है, पाने के लिए मेहनत करने को मजबूर न होना पड़े, तो क्या वह मेहनत करेगा? यदि, जो कुछ वह चाहता है, वह उसके पास पहले ही है, तो वह अधिक पाने के लिए संघर्ष क्यों करे? लाखों में से एक आदमी भी ऐसा नहीं होगा जो चरित्र-बल पैदा करने और अपने-आपको सबल मनुष्य बनने के लिए ग़रीबों के साथ संघर्ष करे–वह स्वार्थ के कारण अपनी आकांक्षा की पूर्ति के लिए, अपनी कामना पूरी करने के लिए, अपने लिए और अपने प्रिय लोगों के लिए ही संघर्ष करेगा।

"मैं ग़रीबों के बच्चों से सहानुभूति दिखाकर उन्हें बरबाद नहीं करता," अमरीकी सिनेटर जे.पी. डोलिवर ने, जो स्वयं ग़रीब लड़के थे, लिखा है, "जो थोड़ी सहानुभूति मुझमें है, वह मैं धनियों के बच्चों के प्रति दिखाऊंगा।" अगर आपके पास एक लाख डालर हैं और वे आप किसी लड़के को जीवन आरंभ करने के लिए दे देते हैं; पर वह जीवन आरंभ नहीं कर पाता, तो मेरा सुझाव यह है कि उस एक लाख डालर और उस लड़के को अलग-अलग रखिए। इसीसे लड़के को लाभ होगा। जिस खोखे में अब्राहम लिंकन का जन्म हुआ था, उसमें किसी राजा का नहीं बल्कि राज्य से भी बड़ी चीज़ का–एक मनुष्य का बचपन बीता था।

जिस लड़के के मन में यह बात है कि मुझे धन–दौलत मिल ही जाएगी, वह मन ही मन सोचता है, 'क्यों बेकार सुबह उठा जाए और अपने शरीर को कष्ट दिया जाए। मुझे काफ़ी धन मिल जाएगा जो मेरे जीवन-काल के लिए काफ़ी होगा।' इसलिए वह करवट बदलकर एक झपकी और ले लेता है। दूसरी ओर वह लड़का जिसके पास संसार में अपने अलावा और कोई सहारा नहीं है, ज़रूरत की चुभन महसूस करता है, जो सवेरे ही उसे उठाकर बिस्तर से नीचे खड़ा कर देती है। वह जानता है कि मेरे लिए संघर्ष के रास्ते के अलावा और कोई रास्ता नहीं है, उसको किसी का सहारा या किसी की मदद नहीं मिल सकती। वह जानता है कि या तो मैं तुच्छ और अकिंचन बना रहूं या झटपट उठकर प्यारे जीवन की प्राप्ति के लिए काम में लग जाऊं।

इस प्रकार **चतुर प्रकृति मनुष्य को उसकी सबसे अधिक मनचाही चीज़ आवश्यकता के द्वारा प्राप्त कराकर मनुष्य-जाति की सभ्यता और चरित्र-विकास के महान ध्येय पूरे करती है। प्रकृति जिस मनुष्य का निर्माण करना चाहती है, उसके मुकाबले में धन, संपत्ति या पद एकदम तुच्छ चीज़ें हैं।**

प्रकृति मनुष्य बनाने के लिए कौन-सी कीमत नहीं चुकाती? वह अपनी रचना को त्रुटिहीन बनाने के लिए उसे अनुशासन के कठोरतम विद्यालय में रखेगी, उसे वर्षों तक अनुभव के महान विश्वविद्यालय में शिक्षा देगी। इस शिक्षा के क्रम में मनुष्य को जो धन या संपत्ति मिल जाती है, वह तो प्रासंगिक-मात्र है। प्रकृति तो मनुष्य के निर्माण में लगी है। इसके मुकाबले उसे धन की रत्ती-भर भी परवाह नहीं, और किसी महामानव के निर्माण के लिए वह कोई भी कीमत अदा कर देगी।

भाग्य ने आपके लिए क्या किया है?

भाग्य वे नौकाएं भी तट पर ले आता है जिन्हें कोई नहीं खेता। "भाग्य नाम की कोई चीज़ न होने के बारे में चाहे लोग कहें, हमें यह मानना पड़ेगा कि ऐसी एक चीज़ होती है। हम सबको यह स्वीकार करना होगा कि **ऐसी बातें जिन पर मनुष्य का कोई नियंत्रण नहीं, अकल्पित घटनाएं जिनके साथ उसका कोई वास्ता नहीं था और जिनको उसने अपने हिसाब में नहीं जोड़ा था, उसके जीवन के सारे मार्ग को बदल देती हैं। अच्छे पद पर सदा योग्यता से ही, या मनुष्य के अपने प्रत्यक्ष प्रयत्नों के कारण ही नहीं मिलते।** कोई ग़रीब मज़दूर या धोबिन किसी रिश्तेदार की मृत्यु से उत्तराधिकार में बड़ी दौलत पा जाती है, या कोई ग़रीब लड़की किसी ऊंचे पदवाले या धनी आदमी से विवाह करके एकाएक धनवती हो जाती है, या जिसे दुनिया ऊंची स्थिति कहती है, उसमें पहुंच जाती है।

स्कूल में पढ़नेवाला हर लड़का भी जानता है कि ठीक समय पर ठीक जगह मौजूद होने से बड़ा लाभ रहता है, और वहां मौजूद रहना प्रायः भाग्य या मौके की बात है। लोग निरंतर ऐसे पदों पर पहुंचते रहते हैं जो उन्हें पूरी तरह योग्यता के कारण नहीं मिलते। उनकी तरक्की शायद किसी ऊंचे पदवाले व्यक्ति के मर जाने, रेलवे दुर्घटना हो जाने या लकवा मार जाने के कारण हुई है। इसका एक उल्लेखनीय उदाहरण देखने में आया। लौंग आइलैंड रेल रोड कंपनी के दो अध्यक्ष कुछ ही दिनों के अंदर मर गए, जिससे पहले से असंभावित तरक्कियां हो गईं। हर कोई जानता है कि बड़ी-बड़ी कंपनियों के मालिकों के रिश्तेदार होने के कारण लोगों को ऊंचे पदों पर रखा जाता है, जबकि उसी कारखाने में काम कर रहे दसियों आदमी उस समय उन पदों के लिए शायद अधिक उपयुक्त होते।

पर इस सबके अतिरिक्त, कौन इतना मूर्ख होगा जो यह कहे कि मनुष्य भाग्य का खिलौना है , या कि वास्तविक सफलता आकस्मिक या भाग्य का परिणाम–मात्र है ?

नहीं; भाग्य सफलता के लिए ईश्वर द्वारा तय की गई क़ीमत नहीं है, और न वह मनुष्यों से सौदेबाज़ी करता है। जब हम उन लोगों की तुलना, जिन्हें धन या पद भाग्य या संयोग से मिल गए हैं, उस विशाल जनसमूह से करते हैं, जिसे अपनी रोटी कमाने के लिए एक-एक इंच रास्ते पर संघर्ष करना पड़ता है, तब वे लोग वास्तव में इस नियम के अपवाद ही हैं। **चरित्र और योग्यता ही मनुष्यों के भविष्य को नियंत्रित करते हैं; भाग्य या संयोग कोई कल्पित वस्तु नहीं। मनुष्य के जीवन में महत्त्वपूर्ण हिस्सा लेनेवाला एकमात्र भाग्य वही है जो ज़बरदस्त दिल, चुस्त हाथ और चौकन्ने मस्तिष्क के रूप में उसमें जन्मजात होता है।**

संयोग से दुनिया में कब कौन-सा काम हुआ है? क्या इसने किसी तार या टेलीफ़ोन का आविष्कार किया? क्या कभी इसने महासागर में कोई तार की लाइन डाली? क्या इसने समद्री जहाज़ बनाए या विश्वविद्यालय, अस्पताल या रोगी-घर बनाए? क्या इसने पर्वतों में सुरंगें निकाली, पुल बनाए या ज़मीन में से चमत्कार पैदा किए?

वाशिंगटन, लिंकन, डेनियल, वैब्स्टर, हेनरी क्ले, ग्रांट या गारफील्ड के जीवन का निर्माण करने में भाग्य ने कौन-सा साथ दिया? क्या इसने एडिसन या मारकोनी को अपने आविष्कार करने में मदद दी? क्या हमारे बड़े-बड़े व्यापार-मालिकों को दौलतमंद बनाने में इसने कुछ हिस्सा लिया? क्या जॉन वानमेकर, राबर्ट ओगडन या मार्शल फील्ड जैसे लोगों की सफलता का श्रेय भाग्य को है?

बहुत से लोग अपनी असफलता की यह सफाई दिया करते हैं कि हमारी तो क़िस्मत ही ख़राब है और जो भाग्य में लिखा है, उसके अनुसार हमें चलना पड़ रहा है। हम चाहे जितना यत्न करें, पर उससे कोई ख़ास परिणाम नहीं निकलेगा। लेकिन मेरे नौजवान दोस्त, आपका भविष्य लिखनेवाला भाग्य मुख्य रूप से आपका अपना संकल्प है। काम का नतीजा भाग्य या नियति पर निर्भर नहीं है, बल्कि स्वयं तुम पर निर्भर है। यदि तुम्हारे अंदर इस गुर को पकड़ने के लिए आवश्यक महती शक्ति, योग्यता और दृढ़ निश्चय है तो तुम इसे पकड़ लोगे। जिस लेख को तुम विधाता का लेख बता रहे हो, उसे बदल देने की शक्ति तुम्हारे अपने भीतर मौजूद है। परिणाम तुम्हारी अपनी शिक्षा पर, अवसर को पकड़ने और उसका उपयोग करने की तुम्हारे क्षमता पर और सहूलियत की जगह अपनी दृढ़ता का उपयोग करने की तुम्हारे सामर्थ्य पर निर्भर है।

क्या केवल इस कारण आपके लिए कोई निश्चित कार्यक्रम बनाए बिना जीवन आरंभ करना या अपने कार्यक्रम में भाग्य का स्थान छोड़ देना उचित होगा कि कभी-कभी परिस्थितिवश वकीलों को मुवक्किल और डाक्टरों को रोगी मिल जाते हैं, सामान्य योग्यता वाले पादरी ऊंचे पदों पर पहुंच जाते हैं और धनियों के बेटे औसत योग्यता वाले और प्रायः अनुभवशून्य होते हुए भी बड़ी-बड़ी कंपनियों के अध्यक्ष बन जाते हैं, जबकि ग़रीब नौजवान को अधिक योग्यता और अधिक अनुभव होते हुए भी प्रायः संघर्ष करके वर्षों में सामान्य पद मिलता है? एक बड़े जहाज़ का कैप्टन किसी बंदरगाह को लक्ष्य बनाए बिना समुद्र में चल पड़े और अपना सामान सुरक्षित पहुंचा देने का काम भाग्य पर छोड़ दे तो उसके बारे में तुम्हारी क्या राय होगी?

क्या तुमने ऐसे किसी ज़बरदस्त नौजवान का नाम सुना है जिसने अपने जीवन का कार्यक्रम बनाकर उसके किसी भी अंश की पूर्ति का भार भाग्य पर छोड़ दिया हो? जो लोग भाग्य पर निर्भर होते हैं, वे सफलता के लिए पूरी तैयारी करने की कीमत नहीं समझते। वे सफलता की पूरी कीमत नहीं चुकाना चाहते। वे सौदेबाज़ी के चक्कर में रहते हैं, वे हमेशा सफलता के छोटे रास्ते की तलाश करते है।

हम रूज़वेल्ट के भाग्य की बड़ी चर्चा सुनते हैं, पर भाग्य उसके किस काम आता, यदि वह अवसर मिलने के समय उससे लाभ उठाने के लिए तैयार न होता? यदि उसने वर्षों के लगातार अभ्यास द्वारा अवसर को पकड़ने के लिए अपने को तैयार न किया होता? यदि वह उसका अच्छे से अच्छा उपयोग करने के लिए तैयार न होता?

मैंने कभी नहीं देखा कि कोई आदमी तब तक ऊंचा उठा हो जब तक उसने अपने शब्दकोश में से 'अच्छे ग्रह' और 'बुरे ग्रह' जैसे शब्द और अपने जीवन-सिद्धांतों में से 'मैं नहीं कह सका' जैसे शब्द और 'मैं नहीं कर सकता' की विचारधारा को काटकर दूर न फेंक दिया हो। भाग्य शब्द से अधिक ग़लत और नाजायज़ प्रयोग किसी और शब्द का नहीं होता। लोग घटिया काम और तुच्छ ग़रीबी से पीड़ित जीवन बिताने की एक ही सफ़ाई सबसे अधिक पेश करते हैं और वह यह कि 'भाग्य हमारे प्रतिकूल था।'

"ऐ नौजवान! यह सामने का दरवाज़ा संभवतः इसी कारण बंद है कि काम की शिक्षा के अभाव द्वारा, आकांक्षा, उत्साह और बढ़ने के प्रयत्न की कमी के द्वारा तुमने ही उसे बंद कर रखा है। शायद तुम इधर भाग्य की प्रतीक्षा में बैठे रहे कि वह इसे आकर खोले; और उधर कोई अधिक साहसी और मनस्वी व्यक्ति तुमसे आगे निकल गया और उसने स्वयं इसे खोल लिया। शक्ति उस मनुष्य की ओर

खिंचती है जो उसे खींचना जानता है। 'भाग्य तो लहर है' उससे अधिक कुछ नहीं। यदि वह उसको बंदरगाह की ओर ले जाती है, तो ज़बरदस्त आदमी उसकी दिशा में चप्पू चलाता है। यदि वह दूसरी दिशा में बहती है तो वह इसके विपरीत दिशा में चप्पू चलाता है।"

जब मिनसोटा के गवर्नर जॉन ए. जानसन से पूछा गया, "आप अपनी सफलता का क्या कारण समझते हैं?" तब उसने केवल यही उत्तर दिया, "बस, मैंने सफल होने की कोशिश की।" आप देखेंगे कि हज़ार में से नौ सौ निन्यानवे का ऐसा ही हाल होता है। **जो आदमी सफल होने का यत्न करता है वही भाग्यवान होता है।** छोटी अवस्था में जॉनसन को ग़रीबी, पैतृक हीनता और वातावरण, यानी ऐसी हर चीज़ से लड़ना पड़ा जिसे 'दुर्भाग्य' या 'बुरे ग्रह' कहकर सफ़ाई दी जा सकती थी; पर भाग्य के साथ कठोर संघर्ष करते हुए वह न कभी लड़खड़ाया, न कभी रोया, न कभी उसने यह शिकायत की कि भाग्य उसके प्रतिकूल है।

किसी नौजवान के दिमाग में पैदा होनेवाला सबसे बुरा भ्रम यह है कि उसके अपने बाहर कोई ऐसा बल या शक्ति है जो किसी रहस्यमय तरीके से और अपने विशेष प्रयत्न के बिना उसे ऊंचे आराम के पद पर पहुंचा देगी। मैं किसी ऐसे आदमी को नहीं जानता जो भाग्य के पीछे चलता हुआ विनाश के गढ़े में न गिर गया हो। **अच्छा भाग्य उस आदमी के पास स्वयं भागा चला आता है जिसमें अच्छी समझ हो, अच्छी निर्णय-बुद्धि हो, अच्छा स्वास्थ्य हो, कठिनाइयां झेलनेवाला** हो, दृढ़ संकल्प और ऊंची आकांक्षा से प्रेरित होकर ख़ूब कठोर परिश्रम करनेवाला हो।

जब आप किसी घुड़दौड़ में घोड़े देखते हैं, तब आप बिल्कुल अच्छी तरह यह जानते हैं कि जो घोड़ा सबसे आगे है, वह दूसरों की अपेक्षा तेज़ दौड़ने के कारण आगे है, और यदि पीछेवाला घोड़ा अपने भाग्य का रोना रोए और यह कहे कि आगे वाले घोड़े में चुस्ती अधिक थी तो आपकी उसके साथ कोई सहानुभूति नहीं होगी। जब आप अपने समान परिस्थितियों में किसी को अच्छा काम करते देखें, तब अपने-आपसे यह कहिए, 'इसका अवश्य कुछ कारण होगा। इसके पीछे कोई रहस्य होगा और मैं उसका अवश्य पता लगाऊंगा।' **अपने दुर्भाग्य या दूसरे के सौभाग्य की दलील देकर अपने मन का असंतोष दूर मत करो, या अपनी आकांक्षा को मत बहलाओ।**

नेपोलियन ने कहा था, "ईश्वर सदा सबसे अधिक ताकतवर फ़ौज के पक्ष में रहता है।" वह सदा उनके पक्ष में रहता है जो सबसे अधिक तैयार, सबसे अधिक कुशल, सबसे अधिक चौकन्ने, सबसे अधिक साहसी और दृढ़निश्चयी होते हैं। यदि हम उन अधिकतर लोगों के जीवन की जांच करें, जो भाग्यवान कहलाते हैं,

तो हम देखेंगे कि उनकी सफलता की जड़ें बहुत पीछे अतीत काल में हैं, और उन्हें ग़रीबी और विरोध को परास्त करने के संघर्ष में लड़ी गई लड़ाइयों से शक्ति प्राप्त हुई है। शायद हम इस नतीजे पर पहुंचेंगे कि **भाग्यवान आदमी भाग्यहीन आदमी की अपेक्षा अधिक बारीकी से सोचता है, उसकी निर्णय-बुद्धि अधिक परिष्कृत है, उसमें अधिक शृंखला और व्यवस्था है,** उसका मस्तिष्क अधिक सुनिश्चित और संक्षिप्त ढंग से कार्य करता है, **उसका चिंतन अधिक तर्क-संगत और अधिक ज़बरदस्त है और वह अधिक व्यावहारिक है। जीवन भाग्य का खेल नहीं है।** विधाता ने हमें ऐसी जगह नहीं रख दिया है, जहां हम परिस्थितियों के खिलौने होंगे, जहां दर्भाग्य हमारे अपने प्रयत्नों की परवाह न करके हमें इधर उधर भाटकला फिरेगा।

●●●